Al Steiger

Anno 2095

-Roman-

Nichts ist, wie es scheint ...

1.

„Wie viele diesmal?“, wollte Chris wissen. Er schob den zerknitterten Filzhut in den Nacken und wischte mit der Rechten den Schweiß von der Stirn. Ob im Freien oder hier drinnen im ehemaligen Kassenraum der Tankstelle: Überall nur drückende Hitze – jeden Tag und so gut wie das ganze Jahr über.

Robbi zuckte gleichmütig mit den Schultern. „Sechs vielleicht – könnten aber auch sieben sein. Vielleicht läuft hinter den dürren Gäulen oder hinter dem Wagen noch einer her. Schwer zu sehen von hier aus.“ Er zog die Stirn in Falten und hielt Chris das alte Fernrohr hin.

Der nahm es, stützte sich mit den Ellbogen auf den zerbrochenen Fensterrahmen und setzte das Fernrohr ans rechte Auge: Zwei müde, abgemagerte Pferde hatten mit einem schweren, zweiachsigen Wagen hinterdrein selbst an der leichten Steigung noch sichtlich Mühe. „Die haben ein großes Fass auf ihrem Karren. Und sie haben ein paar alte Schießeisen über die Schultern hängen, um einkaufen zu gehen“, murmelte Chris dann und setzte das Fernrohr ab. „Keine gute Währung, die Schießeisen.“

„Pass du auf sie auf; ich schau im Keller schon mal nach dem Wechselgeld.“ Robbi wandte sich vom Fenster ab und schritt dann über Glasscherben und altem Abfall hin zur früheren Ladentheke der Tankstelle. Mitten auf der Theke thronte noch immer die alte, längst nutzlos gewordene Ladenkasse, über und über mit einer grauen Staubschicht be-

deckt. Oberhalb der Spiegeltür zum Keller hinter der Theke hing ein vergilbtes Fotokalenderblatt noch vom August 2080: Idyllisches Alpenpanorama im Abendlicht – doch selbst 2080 war es mit derlei Idylle längst vorbei gewesen.
Robbi verharrte vor der Spiegeltür, und sein sonnenverbranntes, von zahllosen Narben übersätes Gesicht unter kurzen weißen Haaren starrte ihm entgegen. Stets hatte er es verabscheut, irgendwelche Kopfbedeckungen zu tragen oder gar den ganzen Körper zu verhüllen, denn dies würde ihn seiner Freiheit berauben. Der Preis dafür war der Krebs. Mit einundvierzig. Aber vielleicht blieb ja noch ein bisschen Zeit …
Er öffnete die knarzende Tür, drückte den Lichtschalter zur Linken und nahm die erste Stufe der schmalen Treppe. Erst flackerte es ein wenig, dann spendete die alte LED-Leuchte an der Decke am unteren Treppenabsatz ihr spärliches Licht. Die Kollektoren auf dem Tankstellendach versahen halt immer noch brav ihren Dienst – und das jetzt schon seit mehr als einem dreiviertel Jahrhundert. Großvater hatte schon gewusst, was gut gewesen war.
Er stieg die ausgetretenen, glatten Betonstufen hinunter, blieb dann am unteren Treppenabsatz stehen und überlegte. Ein bisschen viele waren das schon für Chris und für ihn, die da die marode, schlaglochübersäte Straße heraufgezogen kamen. Auch wenn es wohl nur alte Schießprügel waren, die sie dabei hatten – ein Schusswechsel war immer die schlechtere Lösung. Denn man konnte ja auch selbst getroffen werden, und wenn es nur ein verirrter Querschläger

war.
Also kam wohl nur das Maschinengewehr in Frage, welches sein Vater damals neben anderen hübschen Sachen beim Plündern der Kaserne in der Nachbargemeinde erbeutet hatte. Ein oder zwei Feuerstöße damit, und das Ganze würde erledigt sein. Außer, die wollten gar nichts holen, sondern hatten stattdessen etwas anzubieten, dass man vielleicht gerade gebrauchen konnte …
Er kramte den Schlüsselbund aus der Hosentasche, suchte den passenden Schlüssel und sperrte die schwere Stahltür zur Linken auf. Früher hatte es da ein Zahlenschloss gegeben, doch die mussten hin wieder neue Batterien haben – und die gab es schon lange nicht mehr. Jahrzehntelang hatten sie alles an Rohstoffen, die man für die Herstellung von Batterien gebraucht hatte, aus dem Boden geholt. Hatten weltweit riesige Landstriche dafür umgegraben und verwüstet und die einheimischen Bevölkerungen als billige Arbeitskräfte missbraucht. Dann war so nach und nach Schluss gewesen mit Rohstoffen, nicht nur für die Herstellung von Fahrzeugbatterien, sondern so gut wie auch für alle anderen Sorten von Batterien.
Robbi stieß die Tür gegen die Wand dahinter, trat in den dämmrigen Raum und ging weiter zum gut gefüllten Regal gegenüber. Da lag es neben verschiedener anderer Waffen und der Munition dazu auf Augenhöhe vor ihm, das uralte MG5 NATO. Über Robbis Gesicht zog ein Grinsen. Die NATO war längst schon unrühmliche Geschichte – doch das Maschinengewehr gab es immer noch …

Robbi rückte einen der alten, wackeligen Korbstühle neben dem Fenster zurecht, klappte das Zweibein des Maschinengewehrs aus und platzierte es auf dem Fenstersims. Dann hockte er sich hin, führte den Munitionsgurt ein und lud die Waffe durch.

Chris hatte ihm, an den Türrahmen gelehnt, gleichgültig dabei zugesehen. „Ich frag die jetzt mal, was sie wollen“, meinte er dann, schob den Filzhut wieder in die breite Stirn und trat ins Freie. Sofort fuhr der heiße Wind über seinen langen Leinenumhang, presste ihn an den Körper und ließ die Konturen der breiten Schultern und der muskelbepackten Oberarme erkennen.

Die Ankömmlinge waren jetzt auf Rufweite heran: Drei Männer mittleren Alters, hagere, ausgehungerte Gestalten in zerlumpter Kleidung, und hinterdrein drei halbwüchsige, magere Jungen, auch sie in schmutzigen Leinenhemden und Hosen und mit löchrigen Strohhüten auf dem Kopf.

Derjenige der drei Erwachsenen, der das Gespann führte, brachte die Pferde jetzt mit lautem Zuruf zum Stehen, und trat dann vor die Tiere hin. Über die rechte Schulter hatte er ein altes Jagdgewehr hängen, das er mit der Rechten lässig am Riemen hielt.

Chris nickte ihm auffordernd zu. „Habt ihr was für uns?“ Verneinend schüttelte der Mann den Kopf. „Ich bin Vitus, die anderen sind meine Brüder und meine Neffen. Wir wollen Wasser – und wir können auch dafür zahlen. Wenn ihr kein Wasser habt, was ich aber nicht glaube, wir nehmen auch Treibstoff. Das ist doch eine Tankstelle ...?“ „Was soll ich mit eurem Geld anfangen, Vitus? Einkaufen gehen? Es gibt hier nichts zu kaufen, schon lange nicht mehr. Und wie kommt ihr darauf, dass es hier Wasser oder gar Treibstoff gibt – wer erzählt euch so einen Scheiß? Die Treibstofftanks sind trocken und verstaubt wie der Boden unter euren Stiefeln.“ Mit einer Kopfbewegung wies Vitus in Richtung des nahen Dorfes, wo bald hinter den letzten Häusern die undurchdringlich scheinende Nebelwand drohend in den blauen Himmel wuchs und das Bergmassiv dahinter vollkommen verbarg. „Wir wissen es, und andere wissen es auch – sogar bis in die Stadt hinein. Und der Fürst wird dann ein paar Leute mehr dabei haben, wenn er Wasser holen kommt ...“ „Was kann Yasir mit unserem bisschen Wasser anfangen?“ Chris zog die Stirn in Falten und schüttelte dann den Kopf. „Ihr habt den Weg umsonst gemacht, Leute, wie die anderen vor euch auch. Und jetzt verschwindet, hier gibt es nichts zu holen. Kommt wieder, wenn ihr Brauchbares anzubieten habt.“ „Ganz wie du willst.“ Vitus packte den Gewehrriemen fester – und da bellte das Maschinengewehr aus dem Fensterrahmen der Tankstelle auch schon los. Die Salve wirbelte Vitus um die eigene Achse und warf ihn dann gegen seine Brüder und seine Neffen, die wie er von den Beinen gerissen zu Boden geschleudert wurden. Die Pferde wieherten erst angstvoll auf, ehe auch sie von Salven getroffen zusammenbrachen. Jäh verstummte das Maschinengewehr, und Chris konnte die gespenstische Ruhe danach fast spüren. Jetzt tauchte Robbis hagere Gestalt aus der Tür zur Tankstelle auf. Er blieb stehen, spuckte auf den Boden neben sich und schaute sich dann gelassen um, das Maschinengewehr im Anschlag an der Hüfte. „Warum die Pferde?“, rief Chris ihm zu. „Was zum Teufel sollen wir mit den klapprigen Gäulen anfangen? Felder pflügen …? Die Viecher brauchen jede Menge zu Fressen und zu Saufen, und davon haben wir selber kaum genug.“ Chris trat zu den Toten, die teils übereinander und mit verrenkten Gliedern auf der Straße lagen, schaute stumm auf sie hinab und schüttelte dann den Kopf. Die wievielten waren das jetzt in diesem Jahr? Sicher, man hätte ihnen schon Wasser verkaufen können, wenn auch nicht viel. Sie wären damit nach Hause gezogen, wo immer das sein mochte, und danach würden sie wohl überall herum erzählt haben, wo sie das Wasser bekommen hätten. Und dass da sicher noch mehr zu holen wäre – auch wenn das so nicht stimmte. Wer aber mochte wiederrum denen, die jetzt mit blutigen, zerschossenen Leibern vor ihm lagen, vom Wasser erzählt haben? Auch wenn es eine verdammt hässliche Sache war, die sich da geradezugetragen hatte: ein Krieg um Wasser konnte eine noch viel hässlichere Sache sein. Gemächlich kam Robbi näher und blieb dann neben Chris und den Toten stehen, das Maschinengewehr noch immer im Anschlag. „Wenn ich das richtig verstanden habe, hat der Kerl da vom Fürst geredet“, murmelte er dann. „Für den reicht *ein* Gewehr nicht, auch kein Maschinengewehr.“ „Für den würde auch unser bisschen Wasser nicht reichen. Der hat eine Großstadt zu versorgen, auch wenn die meisten Bewohner längst fort sind. Lass uns gehen – aber bring vorher das MG zurück."

Mit dem Maschinengewehr in der Rechten war Robbi wieder im Kassenraum der Tankstelle verschwunden. Chris warf einen Blick auf die in loser Reihe stehenden Karosserieskelette ein Stück weit neben den maroden Zapfsäulen. Benzinautos noch aus den frühen Zwanzigern dieses Jahrhunderts, auch ein paar E-Mobile späteren Datums: alle über und über mit einer dicken Sand- und Schmutzschicht bedeckt verrotteten sie da friedlich nebeneinander vor sich hin. Fünfunddreißig Grad zeigte das alte Analog-Thermometer an der Wand links neben der Tür – im Schatten. Der November war nun fast vorbei, die heißen Temperaturen aber würden bleiben. Anfang Januar konnte es oft ein paar Regentage geben, doch von dem bisschen Nass, dass da herunterkam, verdunstete das meiste auf den ausgetrockneten, aufgeheizten Böden sogleich wieder. Und so war da, wo sich früher sicher einmal saftige grüne Wiesen und ertragreiche Felder erstreckt hatten, nur noch braune, verbrannte und nutzlose Steppe …

Vorbei an kleinen Obst- und Gemüsegärten zu beiden Seiten schritten Chris und Robbi die menschenleere Dorfstraße hinauf.
Hinter den Gärten standen die schlichten, meist längst baufälligen Häuser der Dorfbewohner. Die stattlichen Bauernhäuser von einst, daneben oder dahinter, waren längst verfallen. Niemand dachte mehr daran, Landwirtschaft zu betreiben, gar Rinder oder sonstiges Großvieh zu halten, denn

es gab lange schon kein Futter mehr und auch nicht genügend Wasser für solche Tiere. Es gab nur noch das bisschen Wasser aus dem Nebel für den menschlichen Bedarf, für ein paar Kleintiere und für die Gärten. In einem schmalen Rinnsal floss es über den Dorfplatz hin zur Zisterne im Boden und wurde dort gesammelt.

Die beiden steuerten auf den Verwaltungsbau am Dorfplatz zu, der *Zentrale*. Längst war vom zweistöckigen Gebäude der graue Putz gebröckelt, und kümmerliche Reste verwitterter Fensterläden hingen schief in ihren verrosteten Angeln.

Vor der halb offenen Eingangstür standen die beiden einzigen Fahrzeuge des Dorfes geparkt: ein zweisitziger Personenwagen und ein kleiner, geschlossener Transporter. Die Fahrzeuge wurden mit Strom aus Kollektoren betrieben, die auf ihre Dächer und ihre Seiten montiert worden waren.

Robbi stieß die Tür weit auf und stapfte in das geräumige Büro dahinter, gefolgt von Chris, der die Tür krachend hinter sich zuschlug.

Sie traten an den brusthohen Tresen, der den muffigen Raum der Breite nach in zwei Hälften teilte. Bis auf ein paar Schränke und Regale an der Wand gegenüber, vollgestellt mit uralten, lange schon unbenutzten Ordnern, war der Raum leer.

Gleich hinter dem Tresen aber thronte Mrosek, der Vorstand des Dorfes, auf seinem zerschlissenen Ledersessel und musterte die Besucher misstrauisch aus dem linken Auge. Über dem rechten trug er an Bändern eine schwarze

Klappe. Klein, dürr und mit langen schwarzen Haaren glich er wohl einer dieser Piratenfiguren, wie sie in früheren Zeiten in Abenteuerfilmen zu sehen gewesen waren. Eine fleckige Lederweste über nackter Haut und eine enge Leinenhose verstärkten dies Bild noch.

Chris stützte sich mit den Ellbogen auf den Tresen und nickte Mrosek zu. „Unten an der Tankstelle liegen sechs Tote und zwei Gäule – erschossen. Schick ein paar von deinen Leuten hinunter, die sollen sich darum kümmern. Wenn sie sich sputen, können sie von den Gäulen noch das eine oder andere Stück als Braten abschneiden, ehe die Maden es sich holen."

Mrosek bleckte zwei Reihen gelber Zähne. „Ah ... die Herren Aufpasser!", krächzte er dann los. „Wollen Chef mal wieder befehlen, was machen muss, he? Hier reinkommen und anschaffen – haben wir gerne das! Nehmt ihr Schaufel und Hacke und grabt."

Robbi trat neben Chris hin und stützte sich jetzt wie er auf den Tresen. „Wie oft denn noch: Wir sind die *Miliz,* nicht die *Totengräber,* du Ratte. Und jetzt mach dich ans Werk – oder ich drücke dir Schaufel und Hacke in die Hand und treibe dich nach dem Graben mit einem Prügel in den Nebel."

Meckernd lachte Mrosek auf. „Er will Chef in Nebel jagen! Er! Wer bringt denn ganzes Zeugs von überall in Dorf, was Leute wollen und fast Seele verkaufen? Du ...? Schießen kann anderer auch – fast jeder, da brauchts dich nicht."

Robbi stieß sich von der Theke ab und ballte die Hände zu

Fäusten. Irgendwann würde er den Kerl …

Was war das für ein Aufruhr gewesen im Dorf vor nun schon zwei Jahren, als der mit seinem Kleintransporter aufgetaucht war und die Leute verrückt gemacht hatte mit dem, was er vor ihnen auf dem Dorfplatz ausgebreitet hatte! Dinge von früher, die die meisten nur noch aus den Erzählungen der Eltern oder gar Großeltern kannten – und plötzlich zauberte der Kerl sie aus seinem Transporter wie das Kaninchen aus dem Hut! Und da würde noch viel mehr sein, da, von wo er gekommen war. Denn er habe gar gute Verbindung zu Yasir, dem Fürsten, hatte er immer wieder lauthals und nach allen Richtungen hin verkündet.

Dass Pia, die Partnerin von Chris und die Schwester von Robbi, das Dorf jahrelang durch schwere Zeiten und durch viele Krisen geführt und am Leben erhalten hatte, war den Leuten auf einmal nicht mehr wichtig gewesen. Jetzt hatten alle nur noch ihn, Mrosek, als den neuen Chef des Dorfes gewollt …

„Gibt Auftrag für euch." Mrosek stand auf und trat nun ebenfalls an den Tresen. „Müsst morgen in kleine Nachbarstadt fahren und Kollektoren holen. Brauchen wir für neues Auto, was bald kommt, und für Dach von Zentrale. Gleich früh, wenn Sonne da ist."

Ohne eine Miene zu verziehen, starrte Robbi ihn eine ganze Weile lang an. „Wann wir fahren, wirst du uns überlassen, kapiert? Wo ist das Zeug?"

„Bei Radwan. Ist alte kleine Werkstatt und Lager im Norden von Stadt." „Ich weiß verdammt nochmal, wo Radwan ist", knurrte Robbi. „Dass der mit *dir* Geschäfte macht …" Abermals zeigte Mrosek die gelben Zähne. „Radwan ist gleich wie ich, gleiches Holz: versteht viel von Geschäft. Macht sicher auch Geschäft mit Fürsten. Und jetzt haut ab, muss arbeiten."

Chris blieb vor der niedrigen Haustür aus aneinander genagelten Brettern stehen und ließ den Blick schweifen. Pias und Robbis flaches, hingeducktes Häuschen, unter dessen Dach sie alle drei zusammen lebten, stand im oberen Dorf am Ende der Straße: Drei Zimmer, eine Waschgelegenheit mit Toilette und eine winzige Küche, in der auch gegessen wurde und man danach oft noch zusammenhockte. Keine Hundert Meter weiter den Weg hinauf war Schluss, denn da begann der Nebel, grau, scheinbar undurchdringlich und wabernd. Und niemand, der es gewagt hatte, dort hineinzugehen, war je wieder zurückgekehrt … Chris öffnete die Tür, trat ein und warf sie scheppernd hinter sich ins Schloss. Er ging geradeaus weiter in die Küche, wo Pia vor der Anrichte mit den beiden Elektrokochplatten stand und in einem alten, schwarzen Topf rührte. Umwerfend sah sie aus in ihrer engen Hose, dem dunklen Hemd und den langen schwarzen Haaren, die ihr offen weit bis über den Rücken fielen. Chris trat hinter sie, legte die Hände auf ihre Schultern und schnupperte. „Gemüse? Und was dazu?" „Anderes Gemüse." Sie schaute ihn von der Seite an und runzelte die Stirn. Hohe Wangenknochen und schmale Augen gaben ihr etwas leicht Exotisches. „Robbi? Isst er mit uns?“ „Er wollte erst noch zur Tankstelle und später nach draußen; Luft schnappen, wenn die Sonne weg ist.“ „Langsam mache ich mir echt Sorgen. In letzter Zeit redet er immer öfter vom Nebel – verdammter Krebs.“ Chris nahm die Hände von ihren Schultern, trat ans offene Geschirrregal und griff nach zwei der Blechteller. „Da waren wieder welche an der Tankstelle wegen Wasser oder Treibstoff.“ „Habt ihr sie fort geschickt?“, fragte Pia über die Schulter hinweg. Chris stellte die Teller auf den schmalen Tisch zwischen Regal und Anrichte. „Einer hat zum Gewehr gegriffen, als ich mit ihm verhandelt habe, und dann hat Robbi geschossen. Es werden immer mehr in letzter Zeit. Weiß der Teufel, weshalb die ausgerechnet alle zu uns kommen – Mrosek sollte sich bald einmal etwas einfallen lassen. Stattdessen wollte er, dass wir sie begraben.“ Sie zuckte gleichmütig mit den Schultern. „Das Dorf wollte *ihn* als neuen Vorstand. Jetzt soll auch *er* etwas tun …“

2.

Tags darauf. Die Toten samt Pferden und Wagen waren fortgeschafft. Nur ein paar dunkelrote Stellen im Staub der Fahrbahn ließen noch erkennen, wo sie gelegen hatten. Chris stellte den Transporter neben den Zapfsäulen ab, stieg aus, schlug die Tür zu und trat in den ehemaligen Kassenraum. „Robbi?" „Hier unten!", kam es dumpf durch die offene Tür zur Kellertreppe. Chris stieg die Stufen hinunter und ging dann weiter in den Waffenraum. Robbi stand mit dem Rücken zu ihm am Regal gegenüber und ließ den Blick über seine Schätze schweifen. „Für den Besuch bei Radwan werden wir die 38er nehmen", meinte er dann und drehte sich zu Chris hin um. „In den Hosenbund gesteckt hast du so beide Hände frei." Chris trat neben ihn ans Regal, und sein Blick fiel auf ein uraltes, verstaubtes Smartphone, wie es vor langer Zeit so gut wie jede und jeder immer und überall dabeigehabt hatte. „Warum hast du das Ding noch?", und zeigte mit dem Finger darauf. „Braucht doch keiner mehr." Robbis Gesicht verzog sich zu einem Grinsen. Er nahm einen der kurzläufigen Revolver aus dem Regal und hielt ihn Chris entgegen. „Damals, als Dad und die anderen erst die Kaserne geplündert und dann auch noch die gesamte Polizei verjagt hatten, waren die Dinger so was von gut gewesen. Damit konnten sie sich präzise absprechen, und dann von allen Richtungen her gleichzeitig losschlagen. Ein bisschen Nostalgie …" Chris nahm den Revolver, zog eine der Patronenschachteln aus dem Regal vor sich heran und fing an, die Trommel zu laden. „Als Kind habe ich in der Stadt noch ein paar wenige wie die Bekloppten mit diesen Dingern herumlaufen sehen", und lachte. „Dann gab es keine Akkus mehr und sie haben sich wohl wieder Briefe geschrieben." Er steckte den geladenen Revolver in den Hosenbund und zog das Leinenhemd darüber.

Von Süden her fuhren sie auf der staubigen und mit Schlaglöchern übersäten ehemaligen Bundesstraße zur Nachbargemeinde hin. Robbi drehte den Geschwindigkeitsregler zurück, und das monotone Summen des Elektromotors wurde leiser. Kurz vor dem Ortseingang deutete er auf eine weitläufige, dreistöckige Brandruine zur Rechten. Große Löcher im Gemäuer an der Frontseite ließen den Einschlag von Granaten vermuten, und auf dem großzügigen Stellplatz vor der Ruine standen immer noch die schwarzen Skelette ausgebrannter Fahrzeuge herum. „Gerade eben haben wir noch davon geredet: die alte Polizeistation für die ganze Gegend hier. Neben der Kaserne *das* Ziel des hiesigen Widerstands damals." „Was aus denen wohl geworden sein mag?", sinnierte Chris. „Den Soldaten, den Polizisten, den Politikern und all den anderen, die sich für *so* wichtig und für *so* unentbehrlich gehalten haben?" „Du meinst sicher diejenigen, die nicht erschossen oder erschlagen oder aufgehängt worden oder in die Berge geflohen waren? Eines kannst du mir glauben: Das waren nicht viele." Vorbei an den ersten der verfallenen Häuser links und rechts der Straße fuhren sie weiter ins Zentrum. Um die Tageszeit – es war später Vormittag, und die Sonne knallte vom wolkenlosen Himmel – hielt sich auch hier niemand im Freien auf, wenn es denn nicht unbedingt sein musste. „Pia hat mir alte Bilder von hier gezeigt", erinnerte sich Chris. „Das muss früher ein schöner Ort gewesen sein, mit kleinen Geschäften, Cafés und Gasthäusern und einer lebendigen Kunstszene." „Vor Pandemie, Klimakollaps und Krieg war sicher vieles schöner." Robbi nickte zustimmend und deutete dann mit dem Finger nach vorne. „*Die* wieder ..." Ein Stück weit vor ihnen versperrten Trümmer einer umgestürzten Mariensäule der Breite nach fast die ganze Fahrbahn. Nur an der rechten Seite zur Häuserzeile hin gab es einen schmalen Durchlass – bewacht von drei verwegen aussehenden Gestalten: Alle drei hochgewachsen und hager, in Leinenhemden und Hosen und mit Schlapphüten auf dem Kopf. Und jeder mit einem bunt bemalten Baseballschläger bewaffnet. Einer von den dreien kam ihnen jetzt lässigen Schrittes entgegen. Die anderen blieben vor den Trümmern der Säule und stierten reglos zu ihnen her. Robbi hielt den Transporter an, ließ das Seitenfenster herunter und beugte sich hinaus. „Harry. Alles gut bei euch?" Harry blieb neben dem Transporter stehen und schlug mit dem Baseballschläger ein paar Mal klatschend in seine offene linke Handfläche. Dann nickte er Robbi zu und verzog das Gesicht zur hämischen Grimasse. „Schau einer an: Die ranzigen Gebirgler. Dreht um und fahrt zurück in euer Kaff – ihr habt hier nichts verloren!" „Wir haben ein Geschäft mit Radwan. Das hat nichts mit euch zu tun und geht euch also auch nichts an." Jetzt senkte Harry die Rechte mit dem Baseballschläger und beugte sich nach vorne, bis sein Gesicht nahe vor dem Robbis war. „Alles, was hier fährt und kreucht und fleucht, hat verdammt nochmal mit uns zu tun – also auch ihr zwei Komiker, kapiert? Und jetzt verzieht euch." Mit der Rechten langte Robbi in seinen Hosenbund, und im nächsten Augenblick glotzte Harry aus großen Augen in den schwarzen Lauf von Robbis Revolver. „Ihr seid die mit dem langen Holzknüppel und mit der großen Schnauze, Harry, und wir sind die mit den kurzläufigen Schießeisen. Wie *das* wohl ausgehen mag ...?" Harry trat ein paar Schritte zurück und ließ den Revolver jetzt nicht mehr aus den Augen. „Zu Radwan, hm?", lenkte er dann ein. „Der hat, scheint es, in letzter Zeit immer öfter Besuch von auswärts. Vor allem von Leuten des Fürsten – sagt man ..." „Kennst du einen Vitus, mit zwei Brüdern und drei Neffen?", fragte Chris vom Beifahrersitz aus. Harry überlegte kurz, schüttelte dann aber den Kopf. „Nein. Sollte ich?" „Jetzt nicht mehr." Chris stieß Robbi mit dem Ellbogen an. „Fahr los." Robbi steckte den Revolver in den Hosenbund zurück und warf Harry einen Blick zu. „Du hast es gehört: wir fahren weiter. Passt gut auf euch auf, Jungs." Er ließ das Seitenfenster hinauf und drehte am Geschwindigkeitsregler.

Von der alten Bundesstraße her bogen sie in die breite Zufahrt zum einstigen Gewerbegebiet im Norden der Gemeinde ein. Wo früher Supermärkte, große Baumärkte und Autohändler ihre Angebote an die Kundschaft gebracht hatten, gab es jetzt nur noch großflächige Ruinen und heruntergekommene Hallen. Einige von ihnen dienten längst als Bleibe für jene, die sonst nirgendwo mehr eine Unterkunft fanden. Am Ende der Zufahrt stand rechterhand eine noch fast intakte Halle, deren große Fensterhöhlen zum Teil mit rostigem Wellblech verkleidet waren. Ein Stück weit vor dem offen stehenden Schiebetor parkte ein Kleintransporter, ähnlich dem von Chris und Robbi.

Robbi hielt neben dem fremden Transporter und stellte den Motor ab. Sie stiegen aus und schauten sich um.
Und da tauchte aus dem Halbdunkel der Halle auch schon ein kleiner älterer Mann mit langen schlohweißen Haaren auf, die er hinten zusammengebunden trug. Ein zerschlissener blauer Monteurkombi schlotterte um seine mageren Arme und Beine. Er kam näher und blieb dann neben Chris und Robbi stehen.
Chris nickte ihm zu. „Radwan. Alles gut?" „Ihr kommt sicher wegen der Kollektoren ...", und senkte den Blick. „Wo hast du sie? In der Halle?" Mit einer Kopfbewegung wies Radwan auf den fremden Transporter. „Die sind da drin." „Dann mach die verdammte Kiste auf, und wir laden sie um", bestimmte Robbi gereizt. „Du hast doch gewusst, dass wir kommen?" „Nun ... ich ..." „Gibt's Probleme?", dröhnte eine tiefe Stimme. Fast gleichzeitig schauten Chris und Robbi zum Tor, von wo aus zwei Männer Seite an Seite auf sie zugeschritten kamen. Zwei Riesen mit weiten, bis zu den Knöcheln reichenden weißen Staubmänteln über nackten Oberkörpern und engen, dunklen Hosen. Zum Schutz gegen die Sonne trug jeder einen Hut mit breiter Krempe, den der eine von ihnen tief in die Stirn gezogen hatte. Die beiden blieben neben Chris, Robbi und Radwan stehen, und der mit dem in die Stirn gezogenen Hut nickte Robbi zu. „Radwan hat uns erzählt, dass ihr die Kollektoren holen wolltet. Pech aber auch für euch, dass wir die brauchen.
„Wir ...?"

Der Riese schob den Hut aus der Stirn, verzog die Mundwinkel und steckte die Rechte gelassen in die große Manteltasche an der Seite. „Weil du's bist: Der Fürst." Chris Blick bohrte sich in den des Riesen. „Und er hat die Kollektoren sicher vorher bei Radwan bestellt, wie sich das so gehört unter seriösen Geschäftsleuten ...?" Der Riese legte den Kopf in den Nacken und lachte schallend auf. „Ein Komiker! Der Fürst bestellt nicht, du Witzbold – der lässt abholen." „Ich könnte doch ...", Radwan von der Seite her. „... einfach die Klappe halten", unterbrach Robbi ihn grob. Der andere der beiden Riesen hatte unterdessen immerzu nur Chris aus schmalen Augen beobachtet. Jetzt steckte auch er die Rechte in die Manteltasche und nickte Chris zu. „Dich habe ich schon irgendwo einmal gesehen. Mir fällt im Moment nur nicht ein, wo und wann das war." „Du verwechselst mich." „Nein ... kann es ..." Zwei Schüsse aus Chris Revolver in seiner Rechten peitschten fast wie ein einziger los. Die beiden Riesen taumelten nach rückwärts, jeder mit einem Loch in der Stirn über weit offenen Augen. Dann kippten sie einer nach dem anderen rücklings in den Staub und bewegten sich nicht mehr. Stille. Chris steckte den Revolver in den Hosenbund zurück. Robbi trat neben ihn klopfte ihm mit der Rechten begeistert auf die Schulter. „Teufel aber auch – bist du schnell!", rief er. „Der Fürst wird sich nicht freuen." „Mrosek umso mehr, wenn ein zweiter Transporter samt Kollektoren vor der Zentrale steht." Robbi trat zu den beiden Toten, schaute erst auf sie hinab und ging dann neben ihnen in die Hocke. „Mal sehen, was

die so Interessantes in ihren Taschen versteckt hatten."
„Seid ihr irr?", tobte Radwan plötzlich los. „Wenn der Fürst davon erfährt, bin ich so tot wie die zwei da!" Chris nickte ihm beifällig zu. „Und darum wirst auch *du* die beiden verschwinden lassen – jetzt gleich und vor allem sehr gründlich. Den Transporter nehmen *wir* mit. Wenn dich jemand fragt: Die beiden da haben die Kollektoren aufgeladen, sind damit los gefahren, und damit war das Geschäft für dich erledigt. Sonst noch was?" Radwan starrte ihn eine Weile wortlos an, spuckte dann zur Seite hin aus, machte kehrt und ging mit langen Schritten zurück zu seiner Halle. Robbi trat wieder zu Chris; in jeder Hand ein unförmiges, schwarzes Etwas, zur Hälfte einer Pistole ähnlich, zur Hälfte einem Revolver. „Was sind das für Dinger?", und hielt sie Chris unter die Nase. Der schaute eine Weile grübelnd darauf und zuckte dann mit den Schultern. „So etwas habe ich noch nie gesehen. Wir schauen sie uns zu Hause an, denn im Moment ist es wohl klüger, wenn wir von hier verschwinden."

Breitbeinig stand Mrosek vor der Tür zur Zentrale und glotzte auf den fremden Transporter. Dann schaute er zu Chris und Robbi, die vor der offenen Hecktür standen und die Kollektoren begutachteten.
„Männer von Fürst erschossen und Transporter geklaut!", keifte er dann los. „Wenn Fürst kommt, wir alle sind tot!"
Robbi grinste ihn herausfordernd an. „Das hat Radwan auch gemeint. Höschen voll? Keine Sorge, du Ratte, wir

werden die Karre gut verstecken, und dann warten wir ab. Und Radwan wird sich hüten, zu plaudern – dann wäre auch er dran."

Wortlos schüttelte Mrosek den Kopf, machte auf dem Absatz kehrt und verschwand im Innern der Zentrale.

Chris schlug die Heckklappe zu. „Wo willst du ihn verstecken?"

„Ich dachte an den alten Hof der Schindlers hinter unserem Haus. Der ist so gut wie verfallen, aber in den Stall müsste man noch fahren können. Reifenspuren verwischen, ein paar alte Bretter und Decken drüber – fertig. Da sucht keiner."

Feiner Staub tanzte glitzernd in den Sonnenstrahlen, die von schmalen Fensterhöhlen her das Halbdunkel des muffigen Stalls durchbrachen.

In einem der Winkel des Stalls hatte Chris ein paar alte, mottenzerfressene Pferdedecken gefunden. Die warf er jetzt über die Bretter, die den Transporter schon verbargen, machte ein paar Schritte zurück und nickte zufrieden. „Da müsste jemand schon gezielt hier suchen."

Robbi, mit den beiden mysteriösen Waffen in der Linken, trat neben Chris und wischte mit dem Handrücken der Rechten den Schweiß von der Stirn. „Und wie lange willst du ihn da stehen lassen?"

Chris zuckte mit den Schultern. „Ich habe euch etwas zu sagen, dir und Pia." Mit einer Kopfbewegung wies er dann auf die Waffen in Robbis Linker. „Aber erst einmal gibst du

mir eine davon."
Stattdessen hielt Robbi ihm beide hin; Chris nahm eine und begutachtete sie nachdenklich von allen Seiten.
Sie verfügte über ein sehr großes Griffstück, lag aber dennoch gut in der Hand. Anstelle des Abzugshahn war da nur ein daumennagelgroßer Druckknopf. Und wo beim Revolver die Trommel war, gab es ein großes Gehäuse, ähnlich dem einer Kartusche. Der Lauf hatte keine Mündung, sondern verfügte stattdessen über einen runden, gazeähnlichen Verschluss.
Er schaute sich suchend um, und sein Blick fiel dann auf einen Haufen alter Ziegelsteine neben dem Tor zum Stall. Er trat ein paar Schritte von ihnen weg und nickte Robbi zu. „Geh du auch zur Seite – für alle Fälle."
Dann richtete er den Lauf auf die Ziegel und drückte den Knopf. Erst zog von der Waffe her ein kaum spürbares Vibrieren durch seine Rechte. Jäh fing die Luft zwischen dem Lauf und den Ziegeln an zu flirren – und auf einmal waren die Ziegel verschwunden, so, als ob es sie nie gegeben hätte. Aus großen Augen starrten Chris und Robbi dorthin, wo sie kurz vorher noch gelegen hatten.
„Das … das ist ja ein Ding …", stammelte Robbi fassungslos. „Was zur Hölle ist das? Wenn du nicht schneller gewesen wärst bei Radwan als die beiden Kerle …"
Sie traten näher, suchten die Stelle abermals ab – doch da war nichts, kein Brandfleck, kein roter Staub. Nichts.
„Da, wo diese Dinger herkommen, sind sicher noch mehr davon", vermutete Robbi. „Wenn der Fürst damit hier auf-

taucht, werden wir nie existiert haben."

Chris nahm die große Wasserkaraffe, schenkte Pia und Robbi nach, stellte die Karaffe zurück, setzte sich zu den beiden an den Tisch und legte Pia seine Rechte auf die ihre. „Ihr zwei habt mich nie gefragt, woher und warum", fing er an. „Ihr habt mich aufgenommen ohne auch nur den geringsten Schimmer, wer ich war und wer ich bin. Ihr wisst nur das wenige, was ich euch hin und wieder erzählt habe."
Über Robbis Gesicht zog ein breites Grinsen. „Du bist verflucht schnell mit dem Schießeisen – mehr muss ich gar nicht wissen."
Doch Chris blieb ernst. „Das, was bei Radwan passiert ist, kann für euch und für das Dorf gefährlich werden." Er nickte Pia zu. „Darum muss ich für ein paar Tage fort, vielleicht auch für länger. Aber hier ist jetzt mein Zuhause, und das will ich schützen. Vertraut mir; wenn ich zurück bin, werde ich euch meine ganze Geschichte erzählen."
„Vier Augen sehen allemal besser als zwei, egal wo", gab Robbi zu bedenken.
Chris schüttelte den Kopf. „Und wer soll das Dorf schützen? Mrosek …?"
Robbi lachte hämisch auf und winkte mit der Rechten ab. „*Der?* Lass gut sein." Dann nickte er nachdenklich. „Ob man mit diesen Wunderwaffen in den Nebel gehen …?"
„Schluss damit!", unterbrach Pia ihn heftig. „Keiner geht in den Nebel – auch du nicht!"

3.

Grau und gezackt ragten die Rümpfe der Zwillingstürme des mächtigen Doms in den tiefblauen Himmel.
Der Kirchenbau selbst hatte die Zeiten und den letzten Krieg von außen besehen fast unbeschadet überdauert. Trat man aber durch das große Hauptportal ins Innere, fand man sich in einer zur Gänze aus- und leergeräumten riesigen gotischen Halle wieder. Bänke, Bilder, Orgel, selbst die Altäre: nichts von alledem war noch da.
Dort, wo einmal der sicher prunkvolle Hauptaltar gestanden war, nahm jetzt ein gewaltiger, gläserner Tisch die Breite des Kirchenschiffs fast zur Hälfte ein. Um den Tisch herum standen Sessel und Hocker aus Holz oder Stahlrohr wahllos neben- und hintereinander.
Mittig der Längsseiten des Tisches saßen sich eine junge Frau in Jacke und Hose und ein Mann gegenüber, der Mann mit dem Blick ins Kirchenschiff. Gerade eben strich die Frau sich die langen, pechschwarzen Haare aus dem dunklen Gesicht und warf sie dann schwungvoll über die Schultern nach hinten.
Der glatzköpfige Mann ihr gegenüber hatte sich zurückgelehnt und musterte sie mit nicht gerade freundlichem Blick aus dunklen Augen. Ein kahlgeschorener Schädel, ebenmäßige, dunkle Gesichtszüge und ein langer weißer Kaftan verliehen ihm etwas von der gängigen Vorstellung von einem altägyptischen Pharao.
Die beiden hatten wohl einen heftigen Streit gehabt – und

der schien lange noch nicht beigelegt …
„Und warum nicht?“, hallte die kräftige Stimme der Frau aufgebracht durch das Kirchenschiff. „Nur weil es neue Waffen sind, oder nur, weil du mir nicht vertraust? Ich kann mit jeder deiner verdammten Waffen umgehen – ob neu oder alt – und …“
„Schluss jetzt!“ Die tiefe, raue Stimme des Mannes duldete keinen Widerspruch mehr. „Waffen begleiten unser Leben, Sheila, sie *sind* unser Leben. Sie dienen unserer Sicherheit – aber sie dienen vor allem auch unserer Bestimmung. Und dafür die Verantwortung tragen, Sheila: Zeige mir, dass du weißt, wie das geht. Zeige mir, dass du meine Tochter bist, die weiß, was sie wann und wo zu tun hat.“
Sheila hielt es nicht mehr auf ihrem Hocker. Sie fuhr auf, stützte sich mit beiden Händen auf die Glasplatte und starrte ihr Gegenüber aus funkelnden Augen an. „Wer betreut denn all *deine* Projekte, die dich längst schon nicht mehr interessieren? Wer kümmert sich denn um den Erhalt und um den Bau der Wohnungen in den alten U-Bahn- und S-Bahnhöfen? Wer kontrolliert die Brunnengrabungen, die immer aufwändiger werden, wer organisiert die Verpflegung? Soll ich weiter aufzählen …?“
Erst erwiderte der Mann ihren Blick, schüttelte dann aber den Kopf. „Ich meinte Verantwortung, Tochter, keine Aufgaben, die dir gestellt sind.“ Er wandte den Blick und schaute zum Portal am anderen Ende des Kirchenschiffs. Ein junger, kahlköpfiger Mann in weißem Kaftan war eingetreten, hatte den Portalflügel hinter sich geschlossen,

ging jetzt gemessenen Schrittes bis zur Mitte des Kirchenschiffs und verharrte dort.

Der Mann am Glastisch nickte ihm auffordernd zu.

Sogleich deutete der junge Mann eine Verbeugung an. „Draußen wartet Besuch für dich, Fürst Yasir“, hallten die Worte durch das Kirchenschiff. „Er ist unbewaffnet; ich habe ihn von oben bis unten durchsucht.“

Spöttisch verzog Yasir die Mundwinkel. „Das ging aber schnell ... Bring ihn zu mir.“

Der junge Mann verbeugte sich abermals, machte auf dem Absatz kehrt und eilte zum Portal zurück.

„Wir haben hier keine Monitore“, meinte Sheila nun verwundert und zog die Augenbrauen hoch. „Und du weißt, wer da kommt …?“

„Du etwa nicht?“

Sie schüttelte nur stumm den Kopf.

„Dann wirst du dich auch künftig mit gestellten Aufgaben zu begnügen haben.“

Der Portalflügel wurde abermals geöffnet; der junge Mann im Kaftan trat wieder ein, wenige Schritte hinter ihm der angekündigte Besuch.

Sheila, die noch immer ihrem Vater gegenüberstand, drehte sich herum, erblickte den Besucher – und ihre Augen wurden schmal. „Chris …“

Der junge Mann im Kaftan ging stumm hinaus und schloss den Portalflügel wieder hinter sich.

Chris aber blieb abwartend stehen und ließ den Blick durch das Kirchenschiff schweifen.

Nun erhob Yasir sich gemächlich aus seinem Sessel und winkte Chris mit der Rechten einladend zu. „Komm doch näher, Söhnchen, komm her zu mir!"
Und so schritt Chris durch den Mittelgang nach vorne und blieb dann in gebührendem Abstand vor dem Glastisch stehen. „Yasir. Sheila ..." Um gleich darauf wie von einer Riesenfaust getroffen von den Beinen gerissen und über den Steinboden nach rückwärts bis fast zurück zum Portal geschleudert zu werden.
Yasirs schallendes Gelächter dröhnte durch das ganze Kirchenschiff. „Eine besondere Form der Telekinese, du Ratte, wenn dir das etwas sagt! Ich beschäftige mich schon seit einiger Zeit damit – aber *das* überrascht mich jetzt doch ..."
Chris kam wieder auf die Beine, klopfte dann Schmutz und Staub aus den Kleidern. „Wenn ich es wieder versuche, wirst du mir das gleiche nochmal bieten?"
„Komm schon."
Abermals schritt Chris durch den Mittelgang auf den Glastisch zu. Tags darauf würde er wohl ein paar blaue Flecken über den ganzen Körper verteilt haben.
Vor Sheila blieb er stehen und nickte ihr wortlos zu.
Erst zog ein sanftes Lächeln über ihr Gesicht. Dann nickte sie zurück – und trat ihm mit dem rechten Stiefel wuchtig zwischen die Beine.
Chris stöhnte auf und ging vor ihr auf die Knie.
„Genug!", donnerte Yasir. „Verschwinde, Sheila – geh mir aus den Augen! Eure Liebesspielchen könnt ihr später nachholen."

Tief Atem holend drehte sie sich zu ihm um. „Was zum Teufel hast du mit diesem verdammten Schwein noch zu schaffen? Soll er uns noch einmal verraten?"
„Raus – oder ich lasse dich für eine Woche in die Krypta werfen!"
Abermals wandte Sheila den Blick und schaute aus immer noch schmalen Augen auf den vor ihr knieenden Chris hinunter. „Wir beide sind noch nicht fertig – noch lange nicht", zischte sie, machte auf dem Absatz kehrt und stakste dann auf ihren hohen Stiefeln durch den Mittelgang zum Portal hin.
Chris zog sich an einer der Sessellehnen hoch, rückte das Möbel zurecht und ließ sich ächzend darin nieder.
Auch Yasir setzte sich wieder, stützte die Ellbogen auf den Tisch und schaute Chris fest in die Augen. Dann zog ein Grinsen über sein Gesicht. „Nicht böse sein mit ihr – sie ist halt noch ein Kind."
„Ein Kind ist die seit fünfzehn Jahren nicht mehr."
Mit einem Mal war Yasirs Grinsen verflogen. „Ich hatte die Patrouillen in den Außenbezirken angewiesen, dich passieren zu lassen, wenn du auftauchst. Willst du jetzt um Gnade für dein armseliges Dorf betteln?"
„Du hast all die Jahre gewusst, wo ich bin ...?"
Nachdenklich zog Yasir die Stirn in Falten. „Ich kannte da früher einen jungen Heißsporn: mutig, strotzend vor Kraft, intelligent und zu allem bereit. Eines Tages war er plötzlich hungrig und zerlumpt in unserer alten Bleibe unter dem Hauptbahnhof aufgetaucht und hatte mich voller Ehrfurcht

gefragt, ob ich ihn nicht brauchen könne, ganz gleich, wofür. Ich nahm ihn auf und lehrte ihn nach und nach alles, was ich damals konnte und wusste."
„Komm auf den Punkt."
„Der junge Mann lernte schnell und viel, und nach zwei Jahren schon machte ich ihn zu meinem Stellvertreter – *so* gut war er! Er hatte mein ganzes Vertrauen, und das meines einzigen Kindes, meiner Tochter. Und dann war er plötzlich wie vom Erdboden verschwunden – einfach so! – mein Stellvertreter und mein Vertrauter und der Lover meiner Tochter. Ein Scheißgefühl, dass da in einem hochkommt. "
„Wohl ähnlich dem Scheißgefühl, wenn man sieht, dass der, den man bewundert und verehrt hat, nicht mehr der ist, der er war. Wenn aus dem, den man bewundert und verehrt hat, ein machthungriger und skrupelloser Despot geworden ist."
Yasir nickte bedächtig. „Mein erster Gedanke war, ihn zu töten für seinen Verrat. Ich schickte nach allen Richtungen hin Leute los, ihn zu suchen. Einer fand ihn schließlich in einem elenden Kaff am Fuß der Berge."
„Wer …?", fragte Chris leise.
„Euer Dorfvorstand. Mrosek", kam es prompt. „Erst später fiel mir ein, um *welches* Kaff es sich da handelt: Das Nebeldorf! Das Dorf, von dem aus Anfang des Jahrhunderts der Nebel sogar das ganze Land für kurze Zeit verschluckt hatte. Das Dorf, wo die Leute nie hatten wissen wollen, was in den Bergen oberhalb ihrer Hütten Jahrhunderte zuvor passiert war."

„Was war denn passiert?“, fragte Chris arglos, denn er wusste tatsächlich so gut wie nichts über das Dorf und seine Geschichte. Auch für Pia und Robbi waren das nie Themen gewesen.

„Vor fast sechshundert Jahren hat es eine kleine Burg auf einem Felskegel oberhalb vom Dorf gegeben“, fing Yasir an. „Der letzte Burgherr hatte sich der Sage nach wohl mit irgendwelchen finsteren Mächten angelegt, die ihm am Ende zum Verhängnis geworden waren. Viel später dann, erst zu Beginn dieses Jahrhunderts, fing ein Mann aus unserer Stadt hier an, über ihn, über die Burg – oder das was von ihr noch übrig war – und über diese finsteren Mächte nachzuforschen. Ein einfacher Mann aus dem Volk war das mit russischen Wurzeln. Seltsame Dinge sollen dann passiert sein damals in deinem Kaff, und später sogar der Burgfels komplett verschwunden gewesen sein. Doch bald, nachdem der verschwunden gewesen war, hatte sich der Nebel wieder aus dem Land zurückgezogen und hing von da an nur noch als graue Wand oberhalb vom Dorf fest …“

„Warum erzählst du mir das alles?“

Yasir hielt es nicht mehr in seinem Sessel. Er fuhr auf, stützte sich mit beiden Händen auf die Glasplatte, und sein Blick bohrte sich in den von Chris. „Weil jetzt *du* ins Spiel kommst. Ich soll dein Dorf verschonen? Dann finde heraus, was es mit diesem Nebel auf sich hat, was sich darin oder dahinter verbirgt! Wenn es da irgendwelche Mächte oder Kräfte geben sollte, die mir nützlich sein könnten, muss ich das wissen.“

„Du und Spukgeschichten? Was ist los mit dir …?“
Yasir nahm die Hände von der Glasplatte, und sein Blick verlor sich irgendwo in der Weite des Kirchenschiffs. „Einer meiner Vorfahren, die Mitte des letzten Jahrhunderts in dieses Land und in diese Stadt gekommen waren, beherrschte das, was ich dir vorhin gezeigt habe: Telekinese – Materie bewegen mit purer Gedankenkraft. Früher habe ich mich über derlei Dinge lustig gemacht, bis ich es dann selbst versucht habe. Und plötzlich war es da! Aber das allein reicht mir nicht.“ Sein Blick wanderte wieder zurück zu Chris. „Vor Wochen stießen meine Leute beim Brunnenbohren hier ganz in der Nähe auf die Reste eines der Buchverlage, wie es sie früher gegeben hat. Tief unten im Keller fanden sie in einem alten Blechschrank ein Buch, einen Roman, geschrieben von dem Mann, der die Geschichte der alten Burg und die der finsteren Mächte erforscht hat, und von dem ich dir gerade erzählt habe. Die Geschichte endet damit, dass der Mann, der sich im Roman Greg nennt, in die Welt der germanischen Götter eintaucht und ihren Platz einnimmt …“
Chris schaute erst aus großen Augen zu Yasir auf – und brach dann in schallendes Gelächter aus. „Fürst Yasir: Ein germanischer Gott auf Erden! Erzähl das bloß *niemandem*!“
Abermals stützte Yasir sich jetzt mit den Händen auf die Glasplatte. „Und doch wirst du der Sache nachgehen! Tust du es nicht, werde ich dein Dorf besuchen, natürlich nicht allein. Ich werde jeden deiner Leute mit einem stumpfen Messer eigenhändig aufschlitzen, ihnen die Eingeweide

herausreißen und sie auf dem Dorfplatz in der Sonne trocknen lassen. Männern, Frauen und Kindern. Überlege dir also gut, ob du nein sagst. Du hast zehn Tage Zeit – keinen Tag länger."

Chris wusste nur zu gut, Yasir würde keinen Augenblick zögern, die Drohung Wort für Wort wahr zu machen. „Ich sage nicht nein. Ich sage nur: es ist unmöglich. Seit es den Nebel gibt, sind immer wieder welche hineingegangen – aber keiner kam je zurück. Nicht einer! Und bei mir würde es nicht anders sein. Also wozu?"

Yasir ballte die Rechte zur Faust und schlug krachend auf den Tisch. „*Du* findest einen Weg, wie du immer einen Weg gefunden hast – und denk an dein Dorf!" Er nahm die Linke von der Glasplatte und schaute dann mit starrem Blick durch das Kirchenschiff zum Portal. Im nächsten Augenblick rasteten mehrere Schlösser metallisch knackend ein, und Yasir nickte zufrieden. „Geschlossene Gesellschaft für heute." Und schaute Chris an. „Du bist natürlich bis morgen mein Gast. Lass dich überraschen – es hat sich einiges getan seit deinem Verrat."

Chris stand auf. „Du hast gewusst, dass ich komme und wann …?"

„Meine Männer waren nicht zufällig bei diesem Radwan, als ihr die Kollektoren holen wolltet. Euer Mrosek hatte das für mich arrangiert. Ich wusste ja, meine zwei Kerle hatten nicht die Spur einer Chance gegen dich; trotz der Timer, die sie mit sich hatten, und die ihr jetzt wohl habt. Aber ich kenne dich, du verdammter Gutmensch: dich plagte da-

nach die Verantwortung für dein Dorf, weil du ahntest, da würde etwas nachkommen von meiner Seite her. Und da bist du nun, wie geplant. Und zwar freiwillig – darauf lege ich größten Wert."
„Diese Timer …?"
„Mit denen kannst du Materie in eine andere Zeit schicken. Wir wissen nur noch nicht, wie viel Materie – organische oder anorganische – und in welche Zeit. Doch meine Wissenschaftler arbeiten mit Hochdruck daran. Wenn wir erst so weit sind, dass wir die genaue Zeit und die Masse bestimmen können, machen die Dinger richtig Sinn." Yasir drehte sich um und ging die wenigen Schritte bis zum Ende des Kirchenschiffs. Dort blieb er auf einer in den Boden eingelassenen, quadratischen Metallplattform neben einer der mächtigen Säulen stehen.
Chris war ihm mit einigem Abstand gefolgt, verharrte dann aber abwartend vor der Plattform.
„Komm schon", forderte Yasir auf und wies mit einer Kopfbewegung auf die Plattform unter seinen Füßen, die Platz für wenigstens fünf ausgewachsene Menschen bot. „Damit geht es in hinunter die neue Stadt."
Nun stellte Chris sich neben ihn auf die Plattform. Yasir drückte eine kaum sichtbare, in die Säule versenkte Taste, und die Plattform setzte sich lautlos nach unten in Bewegung. Der Boden des Kirchenschiffs verschwand über ihren Köpfen, und eine ganze Weile glitten sie durch einen indirekt beleuchteten Schacht mit stählern glänzenden Wänden nach unten.

Dann hielt die Plattform mit sanftem Ruck, und Chris schaute in eine ovale weiße Halle, von der aus vier endlos scheinende Flure sternförmig abzweigten.
Yasir verließ die Plattform, drehte sich zu Chris um und streckte beide Arme einladend zu den Seiten hin aus. „Willkommen in meiner Stadt – du wirst staunen!"
Zögernd trat Chris nun zu Yasir.
„Wir sind hier Hundert Meter unter dem Dom", erklärte der jetzt. „Es geht noch über fünf Stockwerke hinunter, und alle zusammen nehmen von der Fläche her schon jetzt beinahe die Altstadt ein."
Erst nickte Chris anerkennend. „Und was ist mit den alten U-Bahn- und S-Bahnhöfen?", erinnerte er dann.
Gleichmütig zuckte sein Gegenüber mit den Schultern. „Das macht Sheila. *Das* hier ist die Zukunft, und das ist *mein* Projekt. Von hier aus wird alles gesteuert: Wirtschaft, Verwaltung, Verteidigung, und somit auch das gesamte Militär. Jetzt aber werde ich dir dein Nachtquartier zeigen. Morgen dann wirst du zusammen mit Sheila Besuch für mich empfangen, eine Gesandtschaft aus dem Norden. Danach will ich von dir wissen, wie sie sich anstellt."
„Und von *mir* erwartest du ein objektives Urteil …?"

Mit langen Schritten durchquerte Yasir die Halle und ging in den indirekt beleuchteten Flur linkerhand, gefolgt von Chris, der sich immer wieder nach allen Seiten hin umschaute. Links und rechts vom Flur gab es in regelmäßigen Abständen glatte weiße Türen, ohne jeden Hinweis darauf,

was sich dahinter verbergen mochte.
Vor einer dieser Türen zur Rechten blieb Yasir stehen und drehte sich zu Chris um. „Du warst mein bester Mann. Hier und jetzt bist du nichts anderes als auf Gedeih und Verderb in meiner Hand, und du kommst hier nie mehr raus, wenn ich das so will. Ganz gleich, was dir gerade durch den Kopf gehen mag – an Flucht oder an Widerstand solltest du gar nicht erst denken." Er wandte sich der Tür zu und verharrte einen Moment lang reglos davor.
Jäh glitt die Tür lautlos zur Seite hin auf und verschwand in der Wand daneben. Chris schaute in einen schmalen, ganz in Weiß gehaltenen Raum, auch der nur indirekt von der Decke her beleuchtet. Bis auf zwei schmale Pritschen, einer Toilette und einem Waschbecken war er ohne jedes Mobiliar. Auf der rechten Pritsche lag jemand, mit einer Wärmefolie bis über Hals und Nacken zugedeckt und mit dem Gesicht zur Wand.
Mit einladender Handbewegung wies Yasir in den Raum. „Mach's dir gemütlich. Auch für Gesellschaft wurde gesorgt, damit dir die Zeit nicht zu lang wird bis morgen."

4.

Grübelnd stand Robbi vor dem Waffenregal und begutachtete seine ihm so wertvollen Schätze.
Nun also war wieder er allein für das Dorf verantwortlich, solange Chris fort war. Somit konnte es nicht falsch sein,

immer eine Waffe dabei zu haben, egal, wann, wo oder wobei.
Sein Blick fiel auf die beiden seltsamen Dinger, die sie Yasirs Männern abgenommen hatten, und mit denen man wohl Gegenstände – und vielleicht sogar Menschen? – restlos verschwinden lassen konnte. Doch würde im Ernstfall Verlass auf sie sein? Dafür wusste er noch zu wenig über sie – dann doch lieber Altvertrautes.
Und so griff er denn nach der alten Maschinenpistole seines Vaters: Hundert Schuss im Magazin und doch beinahe so handlich wie eine Faustfeuerwaffe ...
Ein stechender Schmerz jagte durch seinen ganzen Körper; er ließ die Waffe los, krümmte sich stöhnend zusammen und holte dann ein paarmal tief und heftig Atem. Doch ebenso schnell, wie er gekommen war, ließ der Schmerz auch wieder nach, und Robbi konnte sich behutsam aufrichten. Verdammter Krebs … irgendwann würden die höllischen Schmerzen wohl für immer bleiben – was dann? Der alte Doktor des Dorfes konnte dann sicher keine große Hilfe mehr sein, denn außer trüben Wässerchen und Tinkturen, die er hin und wieder aus einfachsten Zutaten bereitete, hatte er nicht viel anzubieten. Und Medikamente, wie sie die großen Pharmakonzerne früher einmal produziert und in Apotheken vertrieben hatten, gab es schon längst nicht mehr …
„Wer da?“ Die verärgert klingende Stimme war von oben gekommen, vom einstigen Kassenraum. Und sie hatte sich ganz nach Mrosek angehört.

Abermals griff Robbi nach der Maschinenpistole, hängte sie am Riemen über die Schulter und steckte noch zwei volle Magazine in die Hosentaschen. Dann verließ er den Raum und versperrte sorgfältig die Stahltür. Er stieg die Stufen hinauf und, oben angekommen, sah er sich Mrosek mit empörter Miene auf der anderen Seite der Ladentheke gegenüber. Die breite Krempe seines Hutes verdeckte fast die schwarze Augenklappe.

„Ich brauche kleine Wagen mit zwei Sitze!“, keifte er los. „Chris ist fort damit und kommt nicht. Aber Wagen gehört ganze Dorf und nicht ihm!“

Robbi ging um die Theke herum, blieb vor Mrosek stehen und nickte ihm zu. „Deinen Transporter habe ich vor der Zentrale gesehen: Nimm den.“

„Nimm den, nimm den! Wenn alle bloß nehmen, was wollen, wir haben Chaos und Anarchie in ganze Dorf!“

Robbi machte noch einen Schritt auf ihn zu. „Ich mag dich nicht so besonders, du miese kleine Ratte“, knurrte er leise. „Das war immer schon so und das wird auch so bleiben – und das weißt du. Chris wird seine Gründe haben, weswegen er gefahren und noch nicht zurück ist. Also reg dich ab, verschwinde aus meiner Tankstelle und heb deinen dürren Arsch in den Transporter.“

Mrosek legte den Kopf in den Nacken und schaute aus schmalem linken Auge zu Robbi auf. „Du bist ganz Großer, hm? Glaubst gar, weil du viele Waffen zum Schießen hast und Aufpasser machst, kannst alles erlauben, hm? Aber einmal …“

Unvermittelt schlug Robbi mit der zur Faust geballten Rechten gegen Mroseks Brust. Der Schlag riss diesen von den Beinen, und er landete mit Rücken und Hintern hart auf dem schmutzigen und mit Glasscherben übersäten Fußboden. Schon hatte Robbi die Maschinenpistole in Händen, führte ein Magazin ein, lud durch und feuerte eine Salve über Mrosek hinweg in die Wand dahinter. Die Geschosse fetzten Putz und Ziegelteile von der Wand und schleuderten sie über Mrosek hinweg durch den Raum. Mrosek schrie gellend auf, presste die Arme vors Gesicht und krümmte sich, am ganzen Körper zitternd, auf dem Boden zusammen.

Dann verstummte die Maschinenpistole – und auf einmal war es fast unheimlich still.

Robbi verharrte noch für einen Moment mit der Maschinenpistole in Händen, hängte sie dann wieder über die Schulter, blickte auf Mrosek hinunter und spuckte neben ihn auf den Boden. „*Verschwinde* – welchen Teil davon hast du nicht verstanden?“

Zaudernd nahm Mrosek, immer noch am ganzen Körper zitternd, die Arme vom Gesicht und schaute abermals aus dem linken Auge zu Robbi auf. „Wahnsinniger…“, flüsterte er heiser und kam dann ächzend in die Hocke. „Dein Kopf ist ganz krank.“ Mit zitternden Fingern der Rechten griff er nach seinem Hut, der ihm vom Schädel gerutscht war, und stand auf.

„*Verschwinde.*“

Mrosek machte auf dem Absatz kehrt, hastete mit langen

Schritten zur offenen Tür und dann durch sie nach draußen. „Du musst weg!“, kam es jetzt schrill zur Tür herein. „Ich schwöre, ich werde kümmern, du musst weg …!“
Ein Grinsen zog jetzt über Robbis Gesicht. Er ging zur Tür, blieb darunter stehen und schaute Mrosek nach, wie der, mit dem Hut in der Rechten hektisch wedelnd zum Dorf hin rannte, so als hocke ihm der Leibhaftige im Genick.
Weg müssen … Ja, aber sicher erst dann, wenn die Schmerzen ihm gar keinen anderen Ausweg mehr bieten wollten. Dann würde er in den Nebel gehen – und Mrosek würde ihn dabei begleiten.
Robbi blieb am Ende des Weges vor der Nebelwand stehen und versuchte – wie schon seit Kindertagen immer wieder – etwas darin zu erkennen. Doch der Weg verlor sich wie eh und je schon nach wenigen Metern im dichten Grau.
Die Sonne brannte wie fast das ganze Jahr über vom Himmel, und von daher hätte es den Nebel eigentlich gar nicht geben dürfen. Doch er war da, grau und stumm, ein Berg aus Milliarden und Abermilliarden von Wasserteilchen. Rechts vom Weg floss leise plätschernd das Wasser für die Dorfzisterne in einem schmalen Rinnsal aus dem Grau hervor.
Eltern, Großeltern, Verwandte, die Leute aus dem Dorf: nie hatte sich auch nur eine oder einer allzu sehr für den Nebel interessiert, bis auf die wenigen, die hineingegangen waren – aus welchen Gründen auch immer. Er war da, er gehörte zum Dorf, fertig. Wer hinein ging, kam nicht wieder. Das war halt so …

Er wandte sich ab und schlenderte zurück zum Dorf.

Vor dem Haus sah er Pia emsig in ihrem kleinen Garten werken. Sie hatte wohl seine Schritte auf dem Kies gehört und richtete sich auf. „Warst du schon wieder da oben? Du weißt, ich will das nicht!“
Er ging in den Garten, blieb neben ihr stehen und nickte ihr zu. „Du hörst es nicht gerne, Schwester, aber das da oben wird mein letzter Ausweg sein, wenn der Krebs gar keine Ruhe mehr gibt. Ich werde den Nebel einer Kugel vorziehen.“
Sie seufzte und legte ihm die Rechte auf die Schulter. „Wir werden sehen … Hat da vorhin jemand geschossen? Unten an der Tankstelle?“
„Großspurig wie immer hat Mrosek gemeint, Chris hätte den Zweisitzer nicht nehmen dürfen. Er sei Eigentum der Gemeinde und gehöre somit allen – und damit hat er wohl vor allem sich selbst gemeint. Dann wurde er glatt aufsässig und da musste ich ihn mit der da ein wenig beruhigen“, und klopfte mit der geballten Linken gegen den Lauf der umgehängten Maschinenpistole.
Pia nahm die Hand von seiner Schulter und schaute ihm stumm und vorwurfsvoll in die Augen.
„Ich weiß, du denkst, ich übertreibe, was Mrosek angeht“, beschwichtigte er. „Aber der Kerl ist gefährlich, Schwester, ich fühle es. Und ich werde dich und das Dorf nicht ihm überlassen, solange Chris fort ist.“
„Und mir traust du nicht zu, mit ihm fertig zu werden …?“

Über Robbis Gesicht zog ein Lächeln, und er strich mit der Rechten sanft über ihre Wange. „Dir traue ich alles zu, Schwester. Aber für *den* bist du zu gut und zu ehrlich."

5.

„Warum hast du die beiden Kerle nicht spurlos verschwinden lassen, wie ich dir sagte? Warum zur Hölle bist du zu Yasir gekrochen und hast ihm alles brühwarm erzählt?" Chris war wütend, wütend auf den Händler Radwan aus der Nachbargemeinde, der ihm in ihrer Zelle auf seiner Pritsche gegenüber hockte und ihn furchtsam anstarrte.
Radwans lange, schlohweiße Haare waren abgeschnitten, und der Schädel glattrasiert. In regelmäßigen Abständen durchbrachen kleine, höckerartige Rundungen die bleiche Kopfhaut.
„Angst", murmelte Radwan und senkte den Kopf. „Ich hatte solche Angst – denn dass jemand kommen und nach den beiden fragen würde, war doch so was von klar. Und da wollte ich …"
„… schneller sein und dich hier einsperren lassen", unterbrach Chris ihn grob und schnaubte.
Radwan hob das Gesicht und schaute ihn abermals aus großen Augen an. „Hol mich hier raus, Chris – bitte! Sie machen fürchterliche Versuche mit mir. Erst schnallen sie mich auf einer harten Pritsche fest und schließen meinen Schädel dann mit Kabeln an irgendwelche Apparate an. Und dann

kommen die Schmerzen – aber ich kann mich nicht wehren, weil ich mich nicht bewegen kann …"

Chris nickte wortlos. Was das wohl für Versuche waren, die Yasir an Radwan – und vielleicht ja auch noch an anderen – da durchführen ließ? Und von wem? Für Forschung und Wissenschaft und solche Dinge hatte Yasir einst nicht viel übriggehabt. Ein einigermaßen funktionierendes Gemeinwesen, eine Grundversorgung der Bevölkerung und der Schutz vor den lebensfeindlichen Bedingungen an der Oberfläche: das waren seine Prioritäten gewesen. Und darum hatte es in seinem Umfeld auch nie viele Menschen gegeben, die sich mit mehr oder weniger abstrakter Forschung oder Wissenschaft befasst hätten.

Jetzt erwiderte er Radwans Blick. „Wie du siehst, bin ich selbst Gefangener. Was sind das für Versuche, die sie mit dir machen?"

Müde schüttelte Radwan den Kopf. „Sie schicken mich in die Vergangenheit – ja, schau nur! – auch in die von eurem Dorf. Danach fragen sie mich endlos lange aus, was ich alles gesehen habe."

„Und was hast du gesehen …?"

„Das … das war früher alles so ganz anders! Alles war grün: Bäume, Wiesen und Sträucher, und die Häuser nicht so kaputt wie heute. Viele davon waren bunt bemalt und mit Blumen vor den Fenstern. Und die Leute standen in sauberen Kleidern vor ihren Häusern herum, und sie redeten und lachten miteinander."

„Kein Nebel?"

„Kein Nebel – nicht die Spur! Direkt hinter dem Dorf fangen die hohen Berge an, alle mit grünen Wäldern bewachsen, und ein Stück weit oberhalb vom Dorf ist ein gewaltiger Felskegel, auf dem es vor langer Zeit eine Burg gegeben hat. Jetzt gehen da nur noch welche hinauf, um von dort oben aus auf die Landschaft zu schauen. Ich konnte die Leute so genau beobachten und hören, was sie geredet haben, als ob ich neben ihnen gestanden wäre!"
Lautlos glitt die Zellentür zur Seite hin auf. Chris wandte den Blick und sah Yasir im weißen Kaftan unter dem Türrahmen stehen und ihm zunicken. „Ihr zwei hattet eine gesellige Nacht? *Wir* beide werden erst einmal in Ruhe frühstücken." Er schaute zu Radwan, der jetzt zusammengekauert am Rand der Pritsche hockte und wie gelähmt zu Boden stierte.
„Du wirst später abgeholt."

Ein kahlköpfiger Mann in weißem Kaftan räumte die Reste des Frühstücks vom Tisch und verließ dann rasch und lautlos die Kantine.
Chris lehnte sich in seinem Sessel zurück und schaute Yasir in die Augen. „Warum die Versuche an Menschen? Lass Radwan gehen, *ich* habe deine Leute erschossen, nicht er."
Yasir nahm sein Wasserglas, trank einen Schluck, stellte das Glas zurück und erwiderte Chris Blick mit gerunzelter Stirn. „Selbst wenn ich wollte, ich kann ihn nicht gehen lassen. Er ist Teil von etwas geworden, ohne das er da draußen nicht mehr lebensfähig wäre.

Das, was du bisher gesehen hast, wie auch das, was du nicht gesehen hast und auch nicht sehen wirst, ist erst der Anfang." Er nickte. „Unsere Zukunft liegt hier unten. Die unterirdische Stadt wird später einmal um ein Vielfaches größer sein als die alte, zerstörte und verfallene Stadt da oben, in der kein Mensch mehr vernünftig existieren kann. Das Alte, Zerstörte kommt also nach und nach weg. An seiner Stelle wird in ausgedehnten Gewächshäusern Gemüse und Obst angebaut und auf den Dächern die Energie dafür gewonnen werden. Alles Kriegswichtige aber werden wir nach hier unten schaffen."

„Das war nicht die Frage."

„Das ganze Drunter und Drüber, das Chaos überall, wohin du schaust: alles das muss einmal ein Ende haben! Nicht nur die Stadt, nein, das ganze Land braucht eine starke Hand, die den richtigen Weg weist und es in die Zukunft führt."

Chris lachte. „Du redest wie einer dieser alten Imperialisten oder Diktatoren, von denen ich als Junge gelesen habe! Wer oder wie willst du denn sein? Wie Mao, wie Stalin – oder gar wie *Hitler*?"

„Ich bin Yasir, das genügt." Wie zur Bestätigung seiner Worte nickte er abermals. „Vieles von dem, was sie früher wussten und auf ihren Rechnern und Servern gespeichert hatten, ist vor allem im letzten Krieg zerstört worden, und somit für uns verloren. Wenn wir also etwas von dem wieder nutzen und weiterentwickeln wollen, was damals seinen Anfang genommen hat, müssen wir versuchen, in die

Zeit zurückzugehen, in der das alles auf diesen Servern gespeichert worden ist.“

Neugierig geworden beugte Chris sich über den Tisch. „Zeitreisen …? Ist es das, womit ihr an Radwan herumexperimentiert?“

„Nicht nur das, und nicht nur an ihm. Vor nicht allzu langer Zeit konnte ich eine Handvoll Wissenschaftler davon überzeugen, dass es in ihrem eigenen Interesse Sinn macht, für mich zu arbeiten. Metaphysiker, Psychologen – ja, die gibt es noch! – Ingenieure, und noch ein paar andere mehr. Ihre Arbeit fing damit an, Probanden in die Zeit vor den großen Katastrophen zu schicken, um sie dann von ihren Reisen berichten zu lassen. Der Mann in deiner Zelle, Radwan, ist seit kurzem einer der Probanden. Er berichtete mir aus der Zeit vor dem Nebel in deinem Dorf.“ Yasir trank abermals vom Wasser, und fuhr dann fort: „Das eigentliche Ziel aber ist es, perfekt ausgebildete Probanden zurückzuschicken, damit sie sich in die Server … ja, quasi einklinken und gespeichertes Wissen anzapfen, um es uns dann als eine Art Transmitter wieder zugänglich zu machen. Dieses Verfahren wird von den Probanden alles abverlangen, und nach zwei, drei Reisen sind sie verbraucht. Danach führen wir sie, zusammen mit anderen Kandidaten aus anderen Bereichen, einer militärischen Aufgabe zu.“

Chris machte große Augen. „Warum erzählst du mir das alles – weil du mich ohnehin beseitigen wirst?“

Ein Lächeln zog über Yasirs Gesicht. „Trotz deines Verrats würdest du mir nie schaden wollen, dafür kenne ich dich

zu gut. Zudem hast du einen Auftrag – schon vergessen?"
„Und die Wissenschaftler?"
„Sind aus den nördlichen Landesteilen, aus den alten Städten, um genau zu sein. Ihretwegen wird Sheila Besuch von dort, eine Gesandtschaft empfangen, wie ich gestern schon angedeutet habe." Yasir stand auf und nickte Chris auffordernd zu. „Es wird Zeit für dich, in den Dom hinaufzufahren. Sheila wartet sicher schon."

Die Plattform hielt lautlos und mit sanftem Ruck, und Chris stand wieder in der Weite des leeren Kirchenschiffs. Sheila lehnte mit dem Rücken am Glastisch und musterte ihn aus schmalen Augen.
Chris ging zu ihr, blieb vor ihr stehen und erwiderte ihren Blick. „Wenn du noch einmal das Bein gegen mich hebst, reiße ich dir den Schädel vom Hals und werfe ihn Yasir vor die Füße – und du weißt, das darfst du wörtlich nehmen."
„Fick dich, Scheißkerl!"
Er nickte ihr auffordernd zu. „Wo bleibt der Besuch? Ich will dein diplomatisches Geschick bewundern dürfen." Er wandte sich ab, rückte einen der tiefen Sessel neben dem Glastisch zurecht und ließ sich darin nieder.
Sheila setzte sich in den Sessel, der ihr am nächsten stand, und legte die Füße auf den Tisch. „Diplomatie." Und schnaubte verächtlich. „Einen Scheiß werde ich! Das Einzige, was diese dummen Höhlenmenschen verstehen, ist, dass ihnen jemand sagt, wo es langgeht! Und noch etwas, bevor sie kommen: *Meine* Idee war es nicht, dass du dabei

bist. Also halte dich gefälligst aus allem raus."
„Ich bin nur stiller Zuhörer – und danach objektiver Berichterstatter …"
Das Portal wurde von außen geöffnet und der junge Mann im Kaftan, der Chris tags zuvor empfangen und herein begleitet hatte, trat ein, ging bis zur Mitte des Kirchenschiffs, verharrte dort und deutete Sheila gegenüber eine Verbeugung an. „Die Abgesandten sind da und wünschen, empfangen zu werden, Sheila."
„Bring das Pack herein!"
Der junge Mann machte kehrt und verschwand nach draußen. Gleich darauf aber kam er wieder zurück, im Gefolge eine große schlanke Frau mit wallendem rotem Haar, das ihr offen über ihren leichten grauen Mantel bis an die Hüften fiel. Hinter ihr zwei dunkelhaarige, kräftige Männer, auch sie in langen Mänteln und mit Schlapphüten auf dem Kopf.
Der junge Mann im Kaftan trat zur Seite, ließ die Gesandtschaft an sich vorbei und verschwand dann abermals durch das Portal nach draußen.
In gebührendem Abstand blieben die Frau und ihre Begleiter vor dem Glastisch stehen. Dann schaute die Frau zuerst auf Chris, der ihr wortlos zunickte, danach auf Sheila. „Ich bin Melina, Gesandte der Städte im Norden. Mit wem werde ich reden?"
Sheila nahm die Füße vom Tisch, stand auf und stützte sich mit beiden Händen auf den Glastisch. „Mit mir!", tönte sie laut und wies mit einer Kopfbewegung auf Chris. „Der da

ist nur stummer Beobachter."
Melina zog die Stirn in Falten. „Vor Wochen brach eine Gruppe unserer besten Wissenschaftler auf, um sich mit Kollegen im Süden zu einem Meinungsaustausch zu treffen", begann sie nun. „Sie hatten vor, bei euch Station zu machen, sich mit Proviant zu versorgen und danach weiterzuziehen. Nur: Sie sind bis heute nicht bei ihren Kollegen angekommen, und darum bin ich jetzt auf der Suche nach ihnen."
Sheila nahm die Hände vom Tisch, richtete sich auf und verschränkte die Arme vor der Brust. „Deine Wissenschaftler arbeiten jetzt und auch später nur noch für uns."
„Du wirst mir jetzt sicher gleich erzählen, dass sie das freiwillig machen?"
Sheila schüttelte heftig den Kopf, und Strähnen ihrer schwarzen Haare fielen ihr ins Gesicht. „Freiwillig oder nicht – sie werden verdammt nochmal bleiben und an ihren Projekten weiterarbeiten!"
Erst schaute Melina auf den Begleiter rechts von ihr, der nur ratlos mit den Schultern zuckte, holte dann tief Atem und wandte sich wieder an Sheila. „Ich fasse zusammen: Eine Gruppe Wissenschaftler auf der Durchreise macht bei euch Station, und als sie weiterziehen wollen, nehmt ihr sie gefangen und lasst sie für euch arbeiten – habe ich das alles so weit richtig verstanden?"
Sheila strich die Haare aus dem Gesicht und nickte Melina zu. „Ich hätte es nicht besser formulieren können. Dein Auftrag ist somit erledigt. Und jetzt geht mir aus den Augen –

ich habe zu tun!“
Stille.
Jäh lachte Melina laut auf, trat dann forsch zwei Schritte nach vorne und schaute Sheila starr in die Augen. „Und *das* soll ich jetzt so stehen lassen, Mädchen? Ich soll also vor meine Leute treten, ihnen erzählen, dass unsere besten Forscher von euch gekidnappt worden sind und wir das widerspruchslos hinzunehmen hätten – ist es das, was du von mir verlangst …?“
Chris hielt es nicht mehr in seinem Sessel. Er stand auf, warf Melina einen raschen Blick zu, trat zu Sheila und beugte sich nahe an ihr rechtes Ohr. „Willst *du* Krieg mit denen?“, flüsterte er. „Oder ist das alles auf Yasirs Mist gewachsen?“
„Setz dich hin und halt den Mund!“, befahl sie laut.
Chris zögerte noch, zuckte dann aber mit den Schultern, wandte sich ab und ließ sich wieder in seinem Sessel nieder. Mochten sie doch Krieg führen – vielleicht vergaß Yasir darüber ja das Dorf in den Bergen …
Krachend polterten die Flügel des Portals zu den Seiten hin auf, und Melina und ihre Begleiter fuhren auf dem Absatz herum.
Einer Statue gleich stand Yasir reglos unter dem Bogen des Portals und musterte die drei Besucher von oben bis unten. Dann trat er ein, und die beiden Flügel polterten laut hinter ihm zu. Mit großer Geste breitete er jetzt die Arme aus. „Melina! Kämpferin, Strategin, Diplomatin – es gibt nicht viele Frauen wie dich.“ Er ließ die Arme sinken und schritt gelassen durch das Kirchenschiff zur Gruppe um den Glas-

tisch. Ein Stück weit vor ihnen blieb er stehen und warf Chris einen Blick zu. „Wie macht sie sich denn so als Diplomatin?"

„Lass das."

Wortlos schüttelte Yasir den Kopf, und sein Blick wurde jäh starr. Die beiden Begleiter Melinas fassten sich mit zitternden Händen erst an die Brust, und brachen dann einer nach dem anderen lautlos zusammen.

Melina war von Yasir weg zum Glastisch hin zurückgewichen, und verfolgte jetzt jede seiner Bewegungen aus schmalen Augen.

Der nickte zufrieden und trat einen Schritt auf sie zu. „Diese Gabe braucht sehr viel Übung, sonst verliert man sie ganz schnell wieder. Und ich kann ja nicht immer nur an meinen eigenen Leuten üben …"

Der Glastisch ließ Melina nicht weiter zurückweichen. „Wir hatten noch nie eine Auseinandersetzung oder gar Krieg – was hast du vor?"

Gleichmütig zuckte Yasir mit den Schultern. „Was hat man vor in diesen schweren Zeiten …? Essen, Trinken, Schlafen, Überleben, vielleicht ein bisschen feiern und hin und wieder Spaß haben. Und gut darauf achten, dass andere einen nicht an all dem hindern wollen – wer könnte es denn schon verdenken? Die Welt ist hart geworden, Melina, und sie ist ohne Erbarmen; nur der Stärkere wird auf Dauer überleben."

Verneinend schüttelte sie den Kopf. „Auch Zusammenhalt und Gemeinschaft können Stärke schaffen!"

„Das sind Worte des Schwächeren, Melina. Eine Gemeinschaft lebt davon, dass sich die einen darauf verlassen, dass es die anderen schon richten werden – nichts für mich. Dann doch lieber allein und der Stärkere, auch wenn es manchmal verdammt einsam macht."
„Was hast du vor?"
„Sheila wird dich jetzt hinunter zu deinen Wissenschaftlern bringen. Ihr alle seid meine lieben *Gäste* – nicht meine Gefangenen." Mit einer Kopfbewegung wies er auf Chris. „Der da wird zu deinen Leuten gehen und ihnen sagen, dass ihr auf unbestimmte Zeit meine Gastfreundschaft genießen dürft."
„Du weißt: Das bedeutet Krieg zwischen uns."
Yasir schaute sie aus großen Augen an. „Ja … das bedeutet dann wohl Krieg."

6.

Krachend schlug das Domportal hinter Chris zu.
Den Zweisitzer hatte er tags zuvor nicht weit vom Dom entfernt vor den Ruinen des ehemaligen Rathauses der Stadt geparkt. Dieser Platz gehörte seit je her mit zur Bannmeile um den Dom, und niemand würde es wagen, sich an dem Fahrzeug zu schaffen zu machen.
Auf halbem Weg blieb er stehen und ließ den Blick über die einst so vertrauten Ruinen wandern. Bis zu dem Tag, an dem er Yasir und die seinen verlassen hatte, war er über die

Grenzen dieser Trümmerlandschaft nie weit hinaus gekommen. Sein Großvater hatte ihm, als er noch ein Kind gewesen war, alte Bilder der Stadt gezeigt, wie sie gleich nach dem zweiten Weltkrieg ausgesehen hatte: beinahe so wie jetzt – nur mit dem Unterschied, dass sich damals Menschen zwischen den Trümmern aufgehalten hatten.

Chris hielt den Zweisitzer am Straßenrand an, setzte den Hut auf und stieg aus.
Stundenlang war er über eine holprige Piste, die früher einmal als eine der Autobahnen nach Norden geführt hatte, durch das ausgedörrte, verbrannte Land gefahren. Vorbei an längst verlassenen und verfallenen Städten und Dörfern und einsam stehenden Anwesen, in denen schon seit Generationen niemand mehr lebte.
Jetzt blickte er zum Horizont, dorthin, wo sein Ziel sein musste: eine der alten Städte, oder das, was davon vielleicht noch übrig sein mochte. Von einer fernen Anhöhe aus ragte wohl ein Turm mit etwas Mauerwerk links und rechts von ihm in den Himmel – die Überreste der alten Kaiserburg von Nürnberg …?
Ein kleiner dunkler Punkt, der sich auf der Piste bewegte und eine Staubwolke hinter sich her zog, wurde rasch größer. Schon vernahm Chris das Brummen eines kräftigen Motors, und kurz darauf hielt ein kastenförmiges, gepanzertes Fahrzeug auf sechs gewaltigen Rädern neben dem Zweisitzer.
Der Motor wurde abgestellt, und dann kamen von der ab-

gewandten Seite her auch schon zwei mit Maschinenpistolen bewaffnete Soldaten auf ihn zu. Sie trugen olivfarbene Helme mit hohem Sonnenvisier, so dass er von den Gesichtern nichts erkennen konnte.

Einer der beiden bezog jetzt neben dem Panzerwagen Stellung und nahm die Maschinenpistole in Anschlag.

Der andere blieb vor der Beifahrerseite von Chris Zweisitzer stehen, die Maschinenpistole mit dem Lauf nach unten lässig an der Seite haltend. „Hast du dich verirrt?", fragte eine dumpfe, männliche Stimme unter dem Helm hervor. „Oder bist du auf Raubzug und wartest hier auf deine Kumpane?"

Chris schüttelte den Kopf. „Ihr kommt aus den alten Städten?"

„Und wer will das wissen?"

„Chris de Beer. Yasir schickt mich, um eurem Chef oder Kommandanten oder wie auch immer etwas auszurichten."

Der Soldat nickte. „Der *wie auch immer* ist unser Kommandeur. Woher weiß ich, dass ich dir trauen kann?"

„Yasir hat eure Wissenschaftler und die Gesandte Melina als Geiseln – und er will Krieg mit euch."

Der Soldat schien eine Weile zu überlegen, kam dann um den Zweisitzer herum, blieb neben Chris stehen und hängte die Maschinenpistole über die Schulter. „Leg deine Hände aufs Dach und nimm die Beine weit auseinander. Ich muss wissen, ob du bewaffnet bist."

Sorgfältig tastete er Chris von oben bis unten ab, und trat danach beiseite. „Du fährst mit uns. Dein Vehikel fährt ei-

ner von uns hinterher."
Chris nahm die Hände vom Dach. „Ich habe den Motor eures Panzers gehört – ihr habt Treibstoff?"
„Synthetischen. Wir stellen ihn selbst her."
Sie gingen auf die andere Seite des Panzerwagens, begleitet von dem Soldaten, der ihr Treffen überwacht hatte.
Der Soldat, der Chris auf Waffen hin untersucht hatte, wies nun mit einladender Handbewegung auf eine enge Einstiegsluke zwischen zwei der Räder des Panzerwagens. „Nach dir ..."

Chris wusste nicht, wie lange sie gefahren waren und wohin, denn im Innern des fensterlosen Fahrzeugs war es fast dunkel. Nur der Fahrer hatte nach vorne und zu den Seiten hin schmale Sehschlitze, durch die Chris, der im hinteren Teil neben den beiden Soldaten auf einer Metallbank hockte, aber nichts von draußen erkennen konnte.
Jetzt aber kam auch durch die Sehschlitze kein Tageslicht mehr herein, und Chris und die anderen hockten im Dunkeln.
Der Panzerwagen hielt an und die Luke ging auf. Die beiden Soldaten stiegen aus; einer gab Chris ein Handzeichen, er möge noch sitzen bleiben.
Chris blickte hinter den Soldaten her, wie sie auf einen geräumigen Container mit großen Fenstern und einer Glastür zugingen, vor der ein breitschultriger Schwarzer mit Kraushaar, in weiter, blauer Arbeitshose und weißem Shirt stand und kurz zu ihm her schaute.

Die drei Männer redeten eine Weile miteinander, dann drehte ein Soldat sich zu Chris im Panzerwagen hin um und winkte mit der Rechten.
Chris kletterte hinaus und ließ erst einmal den Blick schweifen. Er stand im Kreuzungsbereich von vier mächtigen, in roten Stein gehauenen, halbrunden Stollen, an den Decken in regelmäßigen Abständen mit schwach leuchtenden Scheinwerfern bestückt.
Nun aber ging er zu den drei Männern und blieb abwartend bei ihnen stehen.
Der Schwarze nickte ihm zu. „Meine Leute erzählten, du warst auf dem Weg zu mir …?“
„Wenn du der Chef bist, ja. Ich bin Chris de Beer.“
Über das Gesicht des Schwarzen zog ein Lächeln und er streckte Chris die Rechte hin. „Ich bin Steve Mosley, oberster Kommandeur der Städte. Lass uns ins Büro gehen, dort haben wir Stühle.“ Er wandte sich an einen der beiden Soldaten. „Bring uns Wasser und eine Kleinigkeit zu essen. Unser Gast hier wird sicher Hunger und Durst haben.“

Steve lehnte sich zurück und schaute Chris zu, wie der am Tisch ihm gegenüber sein Wasserglas zurückstellte. „Das Getreide für das Brot, dass du gerade gegessen hast, bauen wir hier unten in den Stollen an“, erklärte er dann, nicht ganz ohne Stolz in der Stimme. „Im Augenblick erweitern wir die Felder, und darum sieht es hier überall ein wenig nach Baustelle aus.“
Chris machte große Augen. „Unterirdische Getreidefelder?

Da braucht es riesige Flächen, Wasser und Strom!“
„Nicht, wenn du in die Länge baust statt quadratisch. Der weiche Sandstein macht es uns zudem einfach, schnell voranzukommen und tiefe Brunnen zu bohren. Und den Strom liefert uns von draußen die Sonne.“
„Die Patrouille, die mich aufgespürt hat: Zufall?“
Steve schüttelte den Kopf und zog die Stirn in Falten. „Wir haben die momentan überall unterwegs – vor allem nachts. Marodierende Banden aus dem Osten: die plündern alles, was nicht gut gesichert und bewacht ist. Und wenn sie eine Möglichkeit sehen, plündern sie auch mit Gewalt. Aber nun zu dir: Du hast eine Nachricht von Yasir für mich? Ich habe lange nichts von ihm gehört.“
„Um es kurz zu machen: Yasir hat Melina und deine Wissenschaftler als Geiseln. Er will Krieg.“
Steve beugte sich über den Tisch hin zu Chris. „Er nimmt eine offizielle Unterhändlerin als *Geisel* …?“
„Ich kenne ihn seit langem. Aber jetzt weiß ich nicht mehr, ob ich ihn je gekannt habe.“
„Er will also, dass ich angreife und versuche, meine Leute zu befreien – richtig?“
„Auf vertrautem Terrain, wo er zu Hause ist …“, stimmte Chris zu.
Steve lehnte sich wieder zurück. „Wenn ich mit allem, was ich habe, zu ihm komme, bleibt von seiner Stadt nicht viel übrig; auch wenn er meint, einen Heimvorteil zu haben. Das aber würde viele hunderte, wenn nicht gar tausende von Toten bedeuten – wegen *eines* wohl völlig verrückt ge-

wordenen."
„Er will die alleinige Macht über das ganze Land, und nicht nur die Herrschaft über euch."
Steve hob den Blick und schaute Chris in die Augen. „Was lässt ihn so sicher sein, dass er gewinnen kann?"
„Ich weiß nur, sie entwickeln ein Gerät, dass er Timer nannte. Sieht entfernt so aus wie ein Revolver. Man kann damit Gegenstände verschwinden lassen. Ob es bei Menschen funktioniert und wie, weiß wohl noch keiner genau."
„Und was hat er sonst noch zu bieten?"
Chris zuckte mit den Schultern. „Es ist lange her, dass ich mit ihm und den seinen war. Seither ist er dabei, eine gigantische Stadtanlage unter den Ruinen der alten Stadt zu bauen. Was er dort schon alles für seine Kriege bereit hält – keine Ahnung."
„Wir sind hier fünf Kilometer tief im Berg, und das sind nur die Außenbereiche. So tief kann er *seine* Stadt nicht graben, als dass ich ihn nicht finden könnte. Aber trotzdem: Was will er für die Geiseln haben – ich werde nicht kleinlich sein."

Chris und Steve blieben neben der Panzerluke stehen.
„Meine Leute werden dich dahin zurückbringen, wo sie dich aufgespürt haben", erklärte Steve und wies mit einer Handbewegung auf Chris Zweisitzer ein Stück weit hinter dem Panzerwagen. „Dein Solarvehikel fährt natürlich wieder einer hinterher."
„Nutzt ihr Solar nicht für eure Fahrzeuge?"

Steve lachte. „Antiquiert! Versuche mal, einen Panzer wie den mit Solar zu bewegen. Solar ist gut für unseren Strom und somit auch für den Nahrungsanbau. Wenn Yasir über Panzer verfügt, wird er für die wohl ebenso Treibstoff verwenden. Nein mein Freund, für unsere Fahrzeuge haben wir guten Treibstoff – und den nicht zu knapp."

Geraume Zeit später drang wieder etwas Tageslicht durch die Sehschlitze vorne beim Fahrer, doch so sehr Chris sich auch mühte, auch nur für einen kurzen Blick nach draußen reichte es wieder nicht.
„Straßensperre vor uns", meldete der Fahrer. „Fünf Bewaffnete mit zwei Kleintransportern."
„Anhalten!", befahl der Soldat, der neben Chris saß. Er trug einen Helm, doch der Stimme nach musste er derjenige sein, der Chris bei ihrem ersten Treffen nach Waffen untersucht hatte.
Jetzt stand er auf. „Die werden immer dreister", meinte er zu Chris. „Jetzt versuchen sie's schon am helllichten Tag." Mit der Rechten langte er zum Dach hinauf. Leise summend glitt ein schmales Periskop jetzt bis auf Höhe seines Helms herunter. Der Soldat verharrte kurz davor, drückte dann auf etwas am unteren Ende des Periskops – und jäh fing der Panzer an, leicht zu vibrieren.
„Sind weg", meldete der Fahrer nach einer Weile.
Der Soldat nahm die Hände vom Periskop, das Vibrieren hörte auf, und das Fahrzeug setzte sich wieder in Bewegung.

Kurz darauf hielt es jedoch abermals an, und der Fahrer schaltete den Motor ab. Die Luke ging auf und der Soldat kletterte ins Freie, gefolgt von Chris, den das grelle Tageslicht erst einmal blendete. Wieder daran gewöhnt, schaute er sich suchend nach allen Seiten hin um. Sein Zweisitzer stand hinter dem Panzerwagen, und der Soldat, der ihn gefahren hatte, stieg soeben aus.
„Wo ist die Straßensperre geblieben?"
Der Soldat neben Chris lachte dumpf unter dem Helm hervor. „Du stehst fast drauf! Schau genau hin, vielleicht findest du noch etwas von ihnen."
Chris nickte stumm, verzichtete dann aber doch auf die Suche nach den Überresten der Wegelagerer.
„Das Geschütz im Panzer ist die kleinste Ausführung dieser Waffengattung", erklärte der Soldat. „Das größte reißt Löcher in die Erde, da kannst du ganze Dörfer verstecken – nur für den Fall, dass jemand auf dumme Gedanken kommen sollte. Und noch etwas: Die Zugangsstollen suchen macht keinen Sinn; niemand würde sie finden, auch du nicht. Wir würden jeden vorher schon auf dem Schirm haben …"

7.

Der Nordrand der Alpen am Horizont war mit der Silhouette der verfallenen Stadt davor im Abendlicht ein Spiel der Farben eingegangen.

Nach Hause ins Dorf würde er heute nicht mehr fahren, zu gefährlich war es auf den Straßen und Wegen bei Dunkelheit, noch dazu ohne Waffen. Für einen Moment verwünschte Chris seine Nachlässigkeit, sich vor Aufbruch im Dorf nicht noch in Robbis Waffenkammer versorgt zu haben. Doch zunächst musste er ohnehin in der Stadt bleiben – Yasir würde sicher schon auf Nachricht warten.

Er stellte den Zweisitzer auf dem Platz vor der Rathausruine ab und machte sich auf den Weg zum Dom. Bald würde die Dunkelheit hereinbrechen und die Stadtbewohner aus ihren aufgeheizten Tagesquartieren locken. Bis zum frühen Morgen würden sie dann den Geschäften nachgehen, die sie nur im Freien erledigen konnten, oder einfach nur die kühlere Nachtluft genießen.
Chris trat auf den Domplatz – und blieb wie angewurzelt stehen. Den Körper nur teilweise mit ihrem wallenden roten Haar verhüllt, hing Melina, die Gesandte der Städte im Norden, am linken Flügel des geschlossenen Hauptportals. Wie gekreuzigt sah sie aus mit zur Seite gestreckten Armen und gesenktem Haupt über der rechten Brust.
Er holte tief Atem, und bemerkte erst jetzt den jungen Wächter in seinem langen Kaftan, der vom Portal her nun lässig herangeschlendert kam und dann breitbeinig vor ihm stehen blieb. „Der Fürst wartet schon auf dich“, meinte er beiläufig und deutete mit dem Daumen der Rechten hinter sich. „Die da wollte …“ Der Schlag von Chris Faust gegen seine rechte Wange ließ ihn nicht ausreden. Von den Beinen

gerissen knallte er mit dem Schädel voran auf den Pflasterboden und rührte sich nicht mehr.
Chris achtete nicht weiter auf ihn. Mit langen Schritten hetzte er zum Portal, blieb davor stehen und schaute zu Melina auf. Zaudernd strich er dann mit der Rechten über ihre erkalteten Füße. Sie war tot – kein Zweifel.
Er stieß beide Portalflügel weit auf und stampfte durch das leere Kirchenschiff nach vorne. „Yasir!"
Keine Antwort.
Wutschnaubend verharrte er dann zwischen einer der Säulen und dem Glastisch am Ende des Kirchenschiffs, und sein Blick irrte suchend umher. „Yasir!"
„Was schreist du? Das war früher einmal ein Ort der Stille und der Andacht." Yasir trat durch das offen stehende Portal herein und ging gemächlich auf Chris zu. „Du bist weich geworden, Verräter, weich und sentimental – ich habe dich beobachtet da draußen bei Melina. Aber eins ist dir geblieben: Du kannst immer noch einen Mann mit einem einzigen Schlag töten. Der Wächter ist hinüber."
Jetzt war er heran, blieb zwischen der Säule und Chris stehen und nickte ihm zu. „Sie wollte abhauen, zusammen mit ihren gescheiten Köpfen von Wissenschaftlern! So also tritt man meine Gastfreundschaft mit Füßen ..."
Eine ganze Weile starrten sie sich stumm in die Augen – doch jäh griff Chris mit der Rechten nach Yasirs Hals, packte zu und drückte seinen Gegner mit dem Rücken gegen die Säule dahinter. „Wenn ich in deinen Augen auch nur die kleinste Regung lese, bist du tot", fauchte er. „*So*

schnell wirst du deine verfluchte Kraft nicht abrufen, wie ich zudrücken kann."

Yasir fing an, heftig nach Atem zu ringen. „*Du* wirst tot sein, wenn ich … dich nicht mehr brauche."

Chris ließ los und trat einen Schritt zurück. „Du verdammtes Stück Scheiße! Eines Tages wirst du für alles bezahlen."

Vorsichtig drehte Yasir den Kopf ein paarmal hin und her und brachte dann den Kaftan in Ordnung. „Der mit der Rechnung für mich wirst du aber nicht sein. Wie lief deine diplomatische Mission bei den Höhlenmenschen?"

„Steve will einen Krieg auf jeden Fall vermeiden. Dafür will er wissen, was er dir für die Geiseln bieten kann."

Wortlos wandte Yasir sich ab und schaute zum Portal. Die beiden Flügel schwenkten nach innen und gleich darauf rasteten die Schlösser eines nach dem anderen ein.

Chris räusperte sich. „Wenn du noch einen Funken Anstand in dir hast, dann lass Melina abnehmen und sie würdig bestatten."

„Ist veranlasst. Steve will also einen Krieg vermeiden, und er will sich und meine Gäste freikaufen." Yasir legte die Stirn in Falten und nickte. „So werde ich zu ihm gehen und ihm persönlich sagen, was ich will. Und ich dachte schon, er würde mich nach eurem Treffen zuerst besuchen wollen."

Chris wusste nur zu gut, was das zu bedeuten hatte.

„*Du* wirst morgen in dein Dorf fahren und mir in der Frist gute Nachrichten bringen, was den Nebel angeht", fuhr Yasir fort. „Wenn du dann nicht wieder hier bist, werde ich

auch dein Dorf und dich besuchen kommen."
„Du hast mir zehn Tage dafür gegeben. Zwei davon hat mich dein Auftrag gekostet."
Yasir schnaubte. „Willst du feilschen? Ist doch kein Basar hier! Dir bleiben acht Tage – und kein Tag mehr."
„Ob du Steve nicht unterschätzt?"
Jetzt zog ein Grinsen über Yasirs Gesicht. „Das wirst du wissen, wenn du mit guten Nachrichten für mich aus deinem Dorf zurück bist. Lass uns mit dem Lift in die Stadt hinunterfahren, dein Nachtquartier kennst du ja schon. Diese Nacht wirst du es zudem für dich allein haben: Dein Mitbewohner Radwan hat sich zu einem sehr nützlichen Mitglied unserer militärischen Forschungsgruppe entwickelt und verbringt seine ganze Zeit bei denen."

8.

Pia blieb vor der offenen Tür der Tankstelle stehen und lauschte. Leises Stöhnen drang bis zu ihr – und es konnte wohl nur von Robbi kommen. Sie trat ein und ging um die Ladentheke herum zur Kellertür. Zusammengekauert und am ganzen Leib zitternd hockte Robbi auf dem oberen Treppenabsatz, hatte jetzt wohl ihre Schritte gehört und schaute mit röchelndem Atem zu ihr auf.
Sie erschrak. Sein Gesicht bleich und schweißüberströmt, und die Augenlider nur noch schmale Schlitze.
„Was willst du, Schwester?", kam es leise.

„Schon vergessen, dass das alles hier uns beiden gehört und dass wir hier zusammen aufgewachsen sind? Wieder Schmerzen?"
Robbi wandte sich von ihr ab und nickte teilnahmslos. „Vor ein paar Tagen meinte ich, ich hätte noch eine Weile – aber daraus wird wohl nichts mehr werden …"
Pia setzte sich neben ihn und legte die Rechte um seine Schultern. Jetzt erst sah sie die Maschinenpistole auf der Treppenstufe vor ihm liegen. „Ich weiß, du willst in den Nebel, wenn es ganz und gar unerträglich ist. Wenn du da aber keine Lösung, sondern nur noch mehr Qualen findest?"
„Keiner weiß es, Schwester. Doch warum sind sie alle verschwunden? Weil sie da drinnen den Tod gefunden haben; sonst wären sie zurückgekommen."
Pia drückte ihn an sich. „Wann …?"
„Irgendwann die nächste Tage; vielleicht kommt Chris ja doch noch."
„Mrosek?"
„Der kommt mit mir. Danach wirst *du* dich wieder um das Dorf kümmern."
Sie holte tief Atem, ließ Robbi los und stand auf. „Lass uns ins Haus gehen."

„Chris!" Pia blieb am Dorfplatz stehen und schaute auf den Zweisitzer, der vor der Zentrale geparkt stand.
„Er wird schon im Haus sein", vermutete Robbi. „Mit Mrosek hat er sicher nichts zu plaudern."
Eilig schritten sie die Straße hinauf bis zu ihrem Haus an

deren Ende. Pia stürmte voraus durch den Garten und stieß die Haustür weit auf, gefolgt von Robbi.
Chris stand in der Küche, mit einem Glas Wasser in der Rechten. Jetzt stellte er das Glas auf die Anrichte, und im nächsten Moment war Pia in seinen Armen.
Robbi, der im Türrahmen stehen geblieben war, räusperte sich dezent, und Pia und Chris lösten sich zögernd voneinander.
Chris trat zu Robbi und umarmte auch ihn. „Alles gut hier? Bis auf das eine …?"
Robbi trat einen Schritt zurück und schaute Chris in die Augen. „Gut ist, dass du endlich zurück bist, sonst hätten wir beide uns in diesem Leben nicht mehr gesehen."
Chris zog die Stirn in Falten. „So schlimm?"
Robbi nickte nur.
„Setzen wir uns", schlug Chris vor. „Ich habe euch viel zu berichten, und wir müssen vieles bereden und planen."

Zuerst schaute Chris in die ratlosen Gesichter der beiden ihm gegenüber, dann nickte er ihnen zu. „Nun kennt ihr meine ganze Geschichte, nun wisst ihr alles über mich und mein Leben. Lasst mich bei euch bleiben oder jagt mich auf der Stelle davon – es liegt ganz an euch, und ich werde alles akzeptieren."
Langes Schweigen.
„Als du zu uns gekommen bist, haben wir fast nichts über dich gewusst", meinte Pia schließlich nachdenklich. „Du hast nicht viel gesagt, und wir haben nichts gefragt. Du

wolltest nur ein altes Leben gegen ein neues tauschen, weil du das alte nicht mehr leben wolltest – so viel hast du uns immerhin verraten damals." Jetzt zog ein Lächeln über ihr Gesicht, und sie legte Chris die Rechte auf die seine. „Bleib bei mir, bleib bei uns, du Chris mit dem neuen Leben."

„Der Fürst will also, dass du den Nebel für ihn erkundest", wechselte Robbi das Thema. „Und wie zum Henker sollst du das anstellen?"

Chris schüttelte den Kopf und verzog dann die Mundwinkel. „Gar nicht, weil es nicht möglich ist. Aber das kannst du ihm in seiner Gier nach immer noch mehr Macht nicht begreiflich machen. Uns bleibt nur eines: Wir müssen das Dorf komplett räumen und die Leute in Sicherheit bringen, und zwar so schnell wie nur möglich. Ich will, dass Yasir in ein verlassenes Dorf kommt."

„… welches er dann bis auf die Grundmauern zerstören wird", ergänzte Pia murmelnd.

„Weil er weiß, dass er die Bewohner nicht umbringen kann, wie er es vorhatte. Pia, Robbi: wir brauchen ein gutes Versteck für dreihundert Leute samt Hausrat für wenigstens zwei Wochen. Wo finden wir das?"

Die beiden überlegten eine Weile, dann hellte Robbis Miene sich auf. „Die alten Straßentunnel ein Stück weit südlich von hier! Bis auf einen sind die alle verfallen. Bei dem aber, den ich meine, ist nur der nördliche Zulauf vom Berg her mit Geröll verschüttet. Von dort siehst du rein gar nichts mehr von einem Tunnelzugang. Aber von Süden her, von der uns abgewandten Seite, müsste er noch zugänglich sein,

und groß genug wäre er auch."
„Wir beide werden uns den ansehen", bestimmte Chris. „Pia, gib du den Leuten Bescheid, dass es heute Abend eine Versammlung auf dem Dorfplatz geben wird. Es ist wichtig, dass *alle* kommen."

Geschickt steuerte Robbi den Zweisitzer um einen wuchtigen Felsblock herum und wies dann mit einer Kopfbewegung auf ein gewaltiges Bergmassiv vor ihnen. „Siehst du den steilen Geröllhang unterhalb vom höchsten Gipfel rechts vor uns?", fragte er Chris neben sich auf dem Beifahrersitz. „Ein Stück weiter war zu seiner Zeit wohl der Nordzulauf des Tunnels. In dem Tal muss so bis in die dreißiger Jahre ordentlich was los gewesen sein, hat Großvater uns erzählt. Aus dem ganzen Land waren eine Menge Leute zum Skilaufen gekommen, wie er es genannt hat. Die sind aber dann nicht nur hier, sondern überall in den Bergen mit Brettern an den Schuhen auf Schnee die Hänge hinunter gefahren – verrückt, oder? Und dafür hatte man vorher ganze Bergwälder abgeholzt und Wiesen platt gemacht."
Chris nickte. „Früher haben sie so vieles getan ..." Er schaute aus dem Fenster nach dem Geröllhang, der im grellen Sonnenlicht steil und ebenmäßig die untere Flanke des Bergmassivs bedeckte. Wenn es dort drinnen tatsächlich einen noch halbwegs intakten Tunnel gab, war er das ideale Versteck.
Robbi hielt an und schaltete den Motor ab. Der Geröllhang war zuletzt in ein Feld von wild neben- und übereinander

liegenden großen und kleinen Felsblöcken übergegangen. „Zum Zugang geht es jetzt nur noch zu Fuß weiter. Wenn ich schlapp machen sollte, wirst du mir helfen müssen."
Chris setzte den Hut auf und legte Robbi die Linke auf die Schulter. „Bleib du hier, ich finde ihn schon."
„Soll mir recht sein." Robbi deutete mit dem Zeigefinger auf zwei gewaltige Blöcke zwischen mehreren kleinen, von denen der eine wie eine Säule in den Himmel ragte, während der andere sich fast waagrecht an ihn schmiegte. „Hinter den beiden da müsste der Zugang sein", erklärte er. „Als Fünfzehnjähriger konnte ich noch aufrecht hineingehen. Wie es allerdings jetzt da drinnen aussieht, kann ich dir nicht sagen." Er klopfte mit der Hand gegen sein rechtes Hosenbein. „Willst du den Revolver?"
„Nein, aber einen Scheinwerfer werde ich nehmen."

Chris blieb vor den beiden Felsblöcken stehen und schaute sich um, in der Linken einen der beiden Scheinwerfer des Zweisitzers. Die konnte man bei Bedarf aus den Halterungen nehmen, und hatte so dank eines kleinen Akkus für kurze Zeit Licht.
Auf dem Weg vom Fahrzeug zu den Felsblöcken hatte er noch keine sichtbaren Hinweise auf einen Tunnelzugang entdecken können – gut so! Er zwängte sich zwischen den Blöcken hindurch, und dann sah er ihn, den dunklen Zugang zum Tunnel. Breit wie eine Tür und so hoch, dass ein Erwachsener fast mühelos hineingehen konnte.
Chris trat in das Dunkel und schaltete den Scheinwerfer an.

Hier drinnen war es angenehm kühl, und in der Luft schien sogar ein bisschen Feuchtigkeit zu sein. Er leuchtete die Strecke vor sich aus, doch das Tunnelende konnte er nicht ausmachen. Der alte und von Rissen durchzogene Asphaltboden war so gut wie frei von Gestein oder Geröll, ein Hinweis darauf, dass die gewölbte Tunneldecke wohl noch stabil war. Er nickte zufrieden: Hier würden dreihundert Menschen samt Verpflegung sicherlich zwei Wochen lang durchhalten können.
Chris setzte den Scheinwerfer in die Halterung, ging zur Beifahrertür und stieg ein. Robbi war wohl eingenickt gewesen; jetzt schreckte er auf und schaute Chris dann neugierig an. „Und …?“
„Wir hätten nichts Besseres finden können. Und weit genug vom Dorf ist es auch.“
„Ehe wir wieder im Dorf sind, Chris: Ich kann nicht mehr – und ich will nicht mehr! Ich werde spät in der Nacht in den Nebel gehen. Mrosek nehme ich mit, doch vorher werde ich dafür sorgen, dass er bei der Versammlung am Abend nicht mehr dabei ist. Ein zweites Mal wird er dich oder das Dorf nicht an Yasir verraten.“
„Es ist *deine* Entscheidung. Was Mrosek angeht, ist es vielleicht besser so, denn ich hätte ihn über kurz oder lang selber erledigt.“

Keiner sprach. Mit trüben Mienen hockten sie am Küchentisch, starrten in Gedanken versunken vor sich hin und warteten auf die Abenddämmerung.

Sie wussten, dies würde ein besonderer Abend und eine besondere Nacht werden, ein Abend und eine Nacht des Abschieds.
Es war Robbi, der das lange Schweigen schließlich brach. „Mrosek liegt reisefertig in der Waffenkammer, verschnürt und geknebelt." Er nickte Pia und Chris zu. „Wenn ich gehe, werde ich einen großen Bogen um das Dorf machen. Es muss niemand mitkriegen, dass ich in Begleitung vom Vorstand bin. Den Schlüssel für die Waffenkammer werde ich hinter den alten Kalender über der Tür zum Keller stecken – ihr werdet die Waffen sicher noch brauchen."
„*Dich* brauchen wir", meinte Pia leise.
Robbi lächelte ihr nachsichtig zu. „Meine Zeit ist um, Schwester. Ihr schafft das auch ohne mich – und Chris ist der weit bessere von uns beiden." Und schaute diesen an. „Ich wollte, ich könnte dir davon erzählen, was der Nebel da so alles vor uns verbirgt. Aber das wird wohl nicht möglich sein …"
Chris zog die Stirn in Falten. „Die Sonne geht bald unter. Pia, wir müssen zum Dorfplatz."

Frauen, Männer, Kinder: Das ganze Dorf hatte sich versammelt, und alle redeten wohl darüber, was es denn Wichtiges geben mochte. Denn es war nicht üblich, dass der Vorstand das ganze Dorf zusammenrief.
Pia und Chris blieben erst ein wenig abseits stehen und schauten in ratlose und fragende Gesichter.
Einer der älteren Männer wurde schließlich auf sie auf-

merksam. „Wo ist unser Vorstand, Pia? Wo ist Mrosek?“, rief er durch das allgemeine Stimmengewirr. Doch das verstummte nun nach und nach, und die Leute schauten stattdessen auf Pia und Chris.

„Mrosek ist fort, und er kommt auch nicht zurück!“, verkündete Pia laut. „Wir werden einen neuen Vorstand wählen müssen, doch bis dahin übernehme ich das wieder. Jetzt gibt es erst einmal wichtigeres zu tun.“

„Und was bitte soll das sein?“, rief jemand aus der Menge heraus.

Chris trat nach vorne und schaute in die Runde. „Wir werden das Dorf für die nächsten zwei Wochen räumen und uns in einen der alten Straßentunnel im Süden zurückziehen. Ihr wollt jetzt wissen: Warum? Nun, Yasir, der Fürst, wird das Dorf in acht Tagen angreifen und es zerstören. Wer dann noch hier ist, wird sterben.“

Schweigen.

Dann fingen einige von den kleineren Kindern plötzlich an zu weinen, und schmiegten sich ängstlich und schutzsuchend an Vaters oder Mutters Beine.

„Wenn ihr bleibt, wenn wir bleiben, wird er uns alle töten!“, fuhr Chris laut und eindringlich fort. „Und mit Yasir könnt ihr nicht verhandeln.“

„Woher willst gerade *du* das wissen?“, rief eine der älteren Frauen aufgebracht.

„Weil ich in früheren Zeiten lange genug mit ihm war und ihn daher kenne – und weil er es mir ins Gesicht gesagt hat.“

„Was ist denn so wichtig oder so gefährlich an uns, dass er

uns alle töten will?", wollte die Frau jetzt wissen.
„Es geht nicht um euch. Es geht darum, dass er etwas von mir verlangt hat, was ich nicht für ihn tun kann. Und ein Yasir akzeptiert so etwas nicht."
„Alles kann man, wenn man nur will!", tönte einer der jüngeren Männer aus der vordersten Reihe herausfordernd und trat breitbeinig vor die anderen hin.
Erst nickte Chris ihm zu und zeigte dann mit dem Finger auf ihn. „Dann geh *du* in den Nebel und finde heraus, was es damit auf sich hat. Finde heraus, ob der Nebel etwas verbirgt, dass einem irrsinnig gewordenen Tyrannen noch mehr Kraft und Macht verleihen kann. Danach kommst du zurück, fährst in die Stadt und berichtest Yasir ausführlich darüber. Willst du das für uns tun …?"
Der junge Mann, kräftig von Statur und mit langen, blonden Haaren, starrte Chris erst aus großen Augen betroffen an. „Und wenn *du* fort gehst, weg von uns?", schlug er dann kleinlaut vor. „Dann hat er doch keinen Grund mehr, uns anzugreifen."
„Du verstehst das nicht, Martin", schaltete Pia sich ein und trat neben Chris. „Yasir wird uns angreifen, weil Chris ihm nicht das geben kann, was er haben möchte. Dabei ist es ihm so was von egal, ob Chris hier oder auf dem Mond oder sonst wo ist. Außerdem können wir auf Chris nicht verzichten: Er ist der Einzige, der weiß, wie Yasir tickt, und er ist der Einzige, der weiß, wie man gut und richtig kämpft, wenn's drauf ankommt."
„Und Robbi? Auch er versteht sich auf den Kampf."

„Ihr alle wisst, Robbi ist sehr krank; er wird uns nicht mehr helfen können."
Jetzt zuckte Martin mutlos mit den Schultern. „Also was jetzt …?"
„Wir haben noch ein bisschen Tageslicht, das wir nutzen sollten – darum lasst uns jetzt gleich anfangen", bestimmte Chris. „Denn in fünf Tagen sollten wir alle im Tunnel sein, mit allem nötigsten, was jede und jeder für zwei Wochen braucht.
Und wir haben zwei Transporter, den von Mrosek und einen, den Robbi und ich von Yasirs Männern ergattert haben. Mit denen werden wir zuerst die Vorräte, also Lebensmittel und Wasser transportieren, danach eure persönlichen Sachen. Ihr selber werdet gehen müssen; zwischen kurz vor Sonnenuntergang und dem Einbruch der Nacht ist es zu schaffen." Er schaute zu Martin, der ihm zuletzt aufmerksam zugehört hatte. „Suche du mit noch ein paar anderen im Dorf alles an Behältern zusammen, mit denen sich Wasser transportieren und aufbewahren lässt. Dann macht ihr die Zisterne auf und füllt die Behälter. Ich möchte morgen früh, noch vor der Hitze, die ersten beiden Fuhren zusammen haben. Wir zwei werden die Transporter fahren."
Martin nickte sichtlich erleichtert. „Machen wir, Chris."
Der schaute abermals in die Runde. „Alle, die sich zutrauen, mit einer Schusswaffe umzugehen, versammeln sich morgen um neun in der Tankstelle und warten dort auf mich, wenn ich noch nicht zurück sein sollte. Das wär's fürs erste, Leute. Fangt an – je eher wir von hier weg sind, umso siche-

rer wird es für uns sein." Er wandte sich an Pia. „Wir holen Yasirs Transporter aus dem Versteck und laden die Kollektoren aus. Die werden wir wohl nicht mehr brauchen …"

Nach Mitternacht.
Arm in Arm lagen Pia und Chris auf ihrem Bett und starrten in die Dunkelheit.
„Heute Nacht verliere ich meinen Bruder", meinte Pia irgendwann leise.
„Und ich einen guten Freund." Er strich über ihr Haar. „Nur er dufte so entscheiden, niemand sonst, weil er es ist, der das ertragen muss. Was hätte er machen sollen? Langsam an den Schmerzen krepieren?"
„Ich will doch nur, dass er seine Ruhe und seinen Frieden findet, da, wo er hingeht."
Wieder langes Schweigen.
„Ich mache mir Sorgen um Steve und seine Städte", meinte Chris später. „Steve ist wohl der Einzige, der mit Yasir fertig werden könnte. Aber nicht, wenn Yasir ihm zuvorkommt und angreift – und genau das befürchte ich."
„Was dann?"
„Yasir wird zunächst einmal wohl nur zerstören. Er wird anfangs nicht Krieg führen, um zu erobern und um das Neue zu nutzen. Nein, er wird Krieg führen, um alles das auszulöschen, von dem er glaubt, dass es ihm im Weg stehen oder gefährlich werden könnte. Und seine Tochter wird ihm dabei helfen."
Pia löste sich aus seinen Armen, stützte sich auf die Ellbo-

gen und schaute ihn aus großen Augen an. „Dann müssen die beiden Irren aufgehalten werden!“
Chris nickte. „Sobald ihr im Tunnel und in Sicherheit seid, werde ich zu Steve fahren und ihn warnen, und dann sehen wir weiter. Ich hoffe nur, ich komme nicht zu spät …“

9.

Chris und Martin hatten die ersten Fuhren Wasser und Nahrungsvorräte zum Tunnel gebracht, währenddessen die Dorfleute eifrig weitere Fuhren zusammenstellten.

Die Transporter hielten vor der Tankstelle; Chris stieg aus und ging zu Martin, der in seinem Fahrzeug geblieben war. „Fahr du voraus zum Dorfplatz, und fangt schon mal mit dem Verladen an“, bestimmte er und klopfte mit der Rechten auf das Dach. „Ich verteile die Waffen und komme nach.“
Martin nickte und fuhr davon.
Vier Frauen und fünf Männer waren es, die, gelangweilt um die Ladentheke herumstehend, wohl schon auf Chris gewartet hatten.
Er trat zu ihnen und schaute sie der Reihe nach an. „Wer von euch hat irgendwann einmal womit geschossen und worauf?“
Eine zierliche junge Frau links von ihm räusperte sich. „Robbi hat mir das Schießen beigebracht, als ich fast noch

ein Kind war."
„Womit habt ihr geübt? Du bist Emma, nicht wahr?"
Sie nickte. „Fünfundvierziger Revolver – der hatte ordentlich Bumms! Wir haben hinter der Tankstelle auf Steine, alte Dosen, dürre Äste und solches Zeug geschossen."
Chris lächelte. „Und? Warst du gut …?"
Sie lachte laut und herzhaft zurück. „Nach einem halben Jahr war fast jeder Schuss ein Treffer – aus der Hüfte!"

Chris war mit den Frauen und Männern in Robbis Waffenkammer gegangen und hatte sie, je nach Belieben, mit den Waffen versorgt und sie mit ihrem Gebrauch vertraut gemacht; Emma bekam ihren Fünfundvierziger. Für sich nahm Chris das Maschinengewehr, eine der Maschinenpistolen samt genug Munition, einen kurzläufigen Achtunddreißiger und die beiden Timer, die Robbi Yasirs Männern abgenommen hatte.
Er wusste, einem Angriff Yasirs würden sie mit der leichten Bewaffnung nicht eine Minute lang standhalten. Doch es gab zudem auch lichtscheues Gesindel genug, das raubend und plündernd durchs Land zog, und gegen jenes waren sie für die Zeit im Versteck ganz ordentlich gerüstet.
Vier Tage später hockten Chris und Martin, wie schon die Tage zuvor, in ihren Transportern und brachten die letzten Fuhren zum Tunnel.
Pia war zusammen mit den Dorfleuten schon im Tunnel eingezogen und organisierte dort die Platzverteilung und

die Lagerung der Vorräte.
Chris hielt den Transporter hinter dem Zweisitzer an, den sie bei einer der Fahrten mitgenommen hatten. Er stieg aus und winkte Martin zu, der seinen Transporter jetzt neben dem von Chris anhielt.
Auch er stieg aus, ging zum Heck, machte die Klappe auf, holte zwei große Wasserkanister heraus und trat mit ihnen neben Chris. Der war eben dabei, eine Kiste mit getrockneten Feldfrüchten aus dem Laderaum zu hieven.
„Was machen wir mit den Transportern?", wollte Martin wissen. „Wenn wir sie hier stehen lassen, verraten sie uns."
„Wir werden sie noch brauchen, wenn wir ins Dorf zurückkehren – oder zu dem, was dann davon noch übrig ist." Mit der Kiste in Händen machte Chris sich auf den Weg zum Tunnelzugang, gefolgt von Martin mit den Kanistern. „Sobald wir den Rest ausgeladen haben, fahren wir sie ein Stück weit ins Gebirge hinein und suchen dort ein passendes Versteck für sie. Danach werden wir die Spuren verwischen, vor allem die von der Piste hier zum Tunnelzugang. Da darf nicht mehr das Geringste zu sehen sein." Er blieb stehen und drehte sich zu Martin um. „Ich werde für ein paar Tage fort sein – es ist wichtig. Wenn du Pia in der Zeit ein wenig zur Hand gehen könntest ...?"

Vom Zugang her schauten Pia und Chris dem Treiben im Tunnel zu.
„Wir sind fast ohne Licht: das wird Probleme geben – vor allem nachts", gab Pia dann zu bedenken.

„Es muss ohne gehen. Solarmodule aufstellen wäre zu gefährlich. Die würden euch sofort verraten."
Pia schaute ihn von der Seite an. „Bleibst du noch oder fährst du los? Und wie lange wirst du fort sein?"
„Wenn ich Steve noch warnen will, bleibt nicht viel Zeit. Spätestens morgen oder übermorgen will ich aber wieder bei euch sein. Vorher werde ich an der Dorfzentrale vorbeischauen: Ich muss wissen, ob ich da etwas über Mroseks Kontakt zu Yasir finden kann. Keiner weiß, was die Ratte noch so alles verraten hat."
„Unser Haus: werden wir wieder da leben …?"
Chris nahm sie in die Arme. „Mach dir keine Hoffnung. Aber wir werden ein neues bauen." Er ließ sie los und zeigte mit dem Finger auf eine Stelle nicht weit vor ihnen im Tunnel. „Dort werdet ihr das Maschinengewehr aufstellen. Es muss Tag und Nacht einer damit Wache halten."
Über den verlassenen Dorfplatz fuhr er bis vor die Zentrale, stieg aus, nahm Maschinenpistole und Achtunddreißiger an sich und ging durch die weit offen stehende Tür in das Gebäude. Vor dem Bürotresen fielen ihm ein paar eingetrocknete Blutflecke auf dem ansonsten hellen Steinboden auf. Mrosek war Robbi sicher nicht so ganz freiwillig erst in die Tankstelle und dann in den Nebel gefolgt.

Zwei Stunden später wusste Chris, dass es hier nichts zu finden gab, was auf die Verbindung zwischen Yasir und Mrosek hingedeutet hätte. Er hatte alles durchsucht: das Büro, die beiden spartanisch eingerichteten Wohnräume

Mroseks im ersten Stock, den halb verfallenen Keller – nichts, nur Plunder aus längst vergangenen Zeiten und alte, schon halb zerfallene und verstaubte Aktenordner.
Wie aber hatten die beiden dann Kontakt gehalten? Mittels Kurier, den Mrosek hin und wieder bei einer seiner Ausfahrten außerhalb des Dorfes getroffen haben mochte? Denn so etwas wie gar Internet oder auch nur einen Telefonanschluss gab es im Dorf schon lange nicht mehr.
Er verließ die Zentrale und blieb dann unschlüssig neben dem Zweisitzer stehen. Noch einmal die Dorfstraße hinauf zum Haus und dann weiter das kurze Stück bis an den Nebel? So viel Zeit musste sein.

Er stand vor der Nebelwand und starrte reglos in das wabernde Grau. Immer wieder dieselbe Frage: Was mochte sich da drinnen verbergen? Was war imstande, Menschen verschwinden zu lassen, so als ob es sie nie gegeben hätte? Menschen, die mit der Gegend und der Natur hier von Kindesbeinen an vertraut gewesen waren und sich wohl kaum da drinnen verirrt haben mochten. *Nur* der Nebel allein konnte es doch nicht sein.
Vielleicht nahm Yasir ja zurecht an, dass da drinnen eine Kraft, eine geheime Macht verborgen war, die alles übertraf, was man sich nur vorstellen konnte. Und gerade deshalb würde sie ihm niemals in die Hände fallen dürfen, wenn es sie denn gab. Wenn, dann musste diese Kraft *gegen* Yasir eingesetzt werden, um ihn unschädlich zu machen. Aber wie, wenn man rein gar nichts darüber wusste, weil diese

Macht es seit jeher verstanden hatte, ihr Geheimnis zu wahren?
Er schreckte auf. Was war das da auf einmal im Grau vor ihm ... eine dunkle, schemenhafte Gestalt? Und plötzlich meinte er, irgendjemand würde ihn aus der Tiefe des Nebels heraus anstarren, obgleich er von dem, was er für ein hageres Gesicht hielt, nur schwache Konturen erkennen konnte.
„Ist da wer – Robbi?"
Doch schon lösten die Konturen sich nach und nach wieder auf, und der Nebel waberte undurchdringlich und grau wie immer. Nur eine bizarre Luftspiegelung? Oder sah er jetzt schon Gespenster?

Chris hielt an, stieg aus, holte eine der Wasserflaschen hinter dem Sitz hervor und trank gierig von dem fast lauwarmen, abgestandenen Wasser. Wohl nur noch ein paar Kilometer, und er würde zu der Stelle kommen, an der er beim ersten Mal auf die Soldaten von Steve getroffen war.
Er setzte die Flasche ab und richtete den Blick zum Horizont, dorthin, wo die alten Städte und Steves unterirdische Stadt sein mussten ... dichte, dunkelgraue Rauchsäulen wuchsen dort in den tiefblauen Himmel, die ihm auf der Fahrt hierher gar nicht aufgefallen waren.
Achtlos warf er die Wasserflasche auf den Beifahrersitz, stieg ein und drehte den Geschwindigkeitsregler auf Volllast. Der verfluchte Yasir hatte wohl schon angegriffen – er kam zu spät!

Der Zweisitzer sauste über die staubige Piste, rumpelte durch tiefe Schlaglöcher, fuhr über kleine und große Steine und alten Unrat, und Chris wurde ordentlich durchgeschüttelt.
Je näher er kam, umso gewaltiger wuchsen die Rauchsäulen jetzt wie Pilze vor ihm in die Höhe. Eine rotbraune Felsformation davor wurde größer und größer, und kurz darauf hielt er den Zweisitzer vor einer mächtigen Sandsteinwand und direkt neben einem halbrunden Stollenzugang an. War das der Zugang, durch den er beim ersten Mal zu Steve gebracht worden war? Der Soldat hatte aber doch gemeint, es würde sinnlos sein, nach den Stollenzugängen suchen zu wollen, da man sie ohnehin nicht finden könne?
Er stieg aus, schulterte die Maschinenpistole, steckte den Revolver in den Hosenbund und trat von der Seite her an den Stollenzugang. Beißender Gestank stieg ihm in die Nase; es roch nach verbranntem Kunststoff, nach verbrannten Kabeln – was auch immer. Das Tageslicht erhellte den Stollen nur ein Stück weit hinein, dann wurde es dunkel, denn es gab keinerlei Beleuchtung.
Fernes Rufen und Schreien jetzt von irgendwo her aus der Tiefe des Stollens. Die Stimmen wurden lauter und lauter – und dann tauchten drei uniformierte und mit Pistolen bewaffnete Gestalten aus dem Dunkel auf; den Uniformen nach wohl Soldaten von Steve. Immer wieder drehten sie sich im Lauf nach hinten um, so, als ob jemand dicht hinter ihnen her wäre.
Chris nahm die Maschinenpistole mit dem Lauf nach unten

in Hüftanschlag und trat in den Zugang. „Nicht schießen! Ich will zu eurem Kommandeur, ich will zu Steve."
„Weg da!", schrie ihm einer der Soldaten entgegen, rannte an ihm vorbei und schlug sofort einen Haken zur geschützten Seite neben dem Zugang, dicht gefolgt von seinen Kameraden. Im nächsten Augenblick zischte etwas aus der Dunkelheit heran. Chris warf sich flach auf den Boden – und da fuhr dieses Etwas auch schon haarscharf über ihn hinweg und zum Zugang hinaus. Ein greller Blitz, ein donnernder Schlag … dann Stille.
Chris kam wieder auf die Beine und ging rückwärts mit der Maschinenpistole im Anschlag aus dem Zugangsbereich und dann zur Seite hin. Dort blieb er bei den Soldaten stehen, die, im heißen Sand hockend, die Helme abgenommen hatten und jetzt schwitzend und keuchend zu ihm aufschauten. Drei junge Männer, alle glatzköpfig und bartlos und mit angstvollen Mienen.
Chris hockte sich neben sie in den Sand und musterte sie der Reihe nach. „Wovor lauft ihr weg?"
„Wer bist du? Und was willst du hier?", fragte stattdessen einer und holte dann abermals tief Atem.
„Chris de Beer. Vor ein paar Tagen war ich schon einmal hier und habe euren Kommandeur vor einem Angriff Yasirs gewarnt."
Der Soldat nickte und spuckte dann in den Sand vor sich. „Und vergangene Nacht hat er angegriffen. Erst haben sie alles zerbombt, und dann sind die Monster gekommen – so etwas habe ich noch nie gesehen …" Er schüttelte den Kopf

und starrte dann zu Boden.
„Monster?"
„Die … die sehen nur noch so ähnlich aus wie Menschen", schaltete sich ein anderer ein. „In langen weißen Gewändern stürmen sie auf dich los und heulen und kreischen, dass es dir durch und durch geht. Kriegen sie dich, zerfetzen sie dich mit ihren Zähnen und mit bloßen Händen buchstäblich in Stücke. Einen habe ich erwischt, aber er ging erst dann zu Boden, als ich ihn mit einem ganzen Magazin vollgepumpt hatte. Keine blasse Ahnung, ob der dann auch wirklich tot war."
Was hatte Yasir da erschaffen in seiner unterirdischen Stadt? Hatte er Steves Wissenschaftler gezwungen, so etwas wie Kampfmonster zu erschaffen? Die Versuche, von denen Radwan ihm in der Zelle erzählt hatte …?
Er warf dem Soldaten neben ihm einen Blick zu. „Wo ist Steve? Ihr müsst mich zu ihm bringen."
Der Soldat machte große Augen und schüttelte heftig den Kopf. „*Da* hinein? Vergiss es, Mann – nie mehr im Leben! Und wer weiß, ob der Kommandeur noch lebt."
Chris räusperte sich und schaute dann nacheinander auf die anderen beiden. „Habt ihr zwei die Uniform auch nur noch zur Tarnung oder steckt da noch ein bisschen was von einem Kämpfer mit drin?"
„Dir wird die große Klappe noch vergehen, wenn du die Gestalten erst einmal erlebt hast", maulte der Soldat, der Chris von den Kreaturen erzählt hatte. „Aber wenn dein Lebensglück davon abhängt: Ich komme mit dir, und dann su-

chen wir zusammen den Kommandeur. Mehr als zerfleischen können sie uns nicht."
Mit der Rechten wies Chris auf den Zweisitzer. „Wir werden ein Stück weit hineinfahren, aber nur so weit, dass die Energie zurück noch reicht. Wo könnten wir den Kommandeur finden?"
Der Soldat zog die Stirn in Falten. „Wenn sie nicht zerstört ist, wohl in der Kommandantur. Wenn er da nicht ist und wir ihn erst suchen müssen, kann es dauern." Er streckte Chris die Rechte hin. „Korporal Vince Hofer. Nur für den Fall, dass du später eine Grabrede für mich halten willst."
Chris ergriff die ausgestreckte Hand. „Erst werden wir die Grabreden für Yasirs Leute halten."

Chris drehte am Regler und der Zweisitzer setzte sich in Bewegung. „Führt der Stollen direkt ins Zentrum oder zur Kommandantur?", wollte er von Vince auf dem Beifahrersitz wissen.
Der schüttelte den Kopf. „Der hier ist so etwas wie einer von mehreren Notausgängen. Die werden fast nie benutzt, und darum gibt es auch kein Licht. Später werden wir in einen der Hauptstollen abbiegen. Wir drei waren auf Patrouille in der Nähe dieses Stollens hier, als der Angriff begann."
„Womit haben sie angegriffen?"
„Das musst du den Kommandeur fragen. Ich denke, sie haben ferngelenkte Raketen durch die Stollen geschossen, denn plötzlich brach überall im Innern die Hölle los – und dann waren da auch schon die weißen Gestalten."

Schweigend fuhren sie weiter. Das Tageslicht blieb hinter ihnen zurück, und über die rauen und dunklen Wände des Stollens zuckte nur noch das fahle Licht der Scheinwerfer.
„Wie lange ist der Stollen?", wollte Chris dann wissen.
„Wir sind fast eine halbe Stunde gerannt bis zum Ausgang. Dann hatten sie uns wohl auf dem Schirm und haben das Ding hinter uns hergeschickt, vor dem du in Deckung gegangen bist."
Jäh hielt Chris an. „Hier ist etwas." Er stieg aus, holte die Maschinenpistole hinter dem Sitz hervor und lud durch.
Auch Vince stieg aus, die Pistole in der Rechten. „Vielleicht sind da vorne noch welche von uns", murmelte er. „Und fliehen vor den …"
Ein gellender Schrei – und eine schmutzig-weiß gekleidete Kreatur ließ sich von der Decke herab auf Chris fallen, umklammerte mit beiden Armen seinen Oberkörper und gierte mit gebleckten Zähnen sofort nach seinem Hals. Chris schmetterte den Kolben der Maschinenpistole gegen ihren Schädel und ließ die Waffe fallen. Wohl leicht betäubt von dem Schlag musste sie den Griff für einen Moment lockern. Schon hatte Chris den Revolver aus dem Hosenbund gezogen, presste den Lauf an ihren Schädel und drückte ab. Der Knall dicht neben seinem Ohr machte ihn fast taub und er spürte das Blut der Kreatur auf sein Gesicht spritzen. Jetzt ließ er auch den Revolver fallen, packte den Schädel mit beiden Händen und riss ihn nach vorne. Die Kreatur flog über ihn hinweg und prallte mit Schädel und Rücken wuchtig vor ihm zu Boden.

Chris schnappte sich die Maschinenpistole wieder und richtete den Lauf auf den Schädel der Kreatur. Das Geschoss des Revolvers hatte die rechte Gesichtshälfte größtenteils zerfetzt. Blut und Hirnmasse rannen auf den Boden daneben, und statt des Auges war da nur noch ein blutiges Loch. Jetzt fuhr ein Zucken durch den Körper. Der noch übrige Schädel bewegte sich ruckartig und stumm hin und her, die Arme fuhren zitternd nach oben und die Hände versuchten, in der Luft nach etwas zu greifen, was nicht da war.
Vince trat neben Chris und nickte. „Der ist noch nicht hinüber; der war nur für den Moment ausgeschaltet. Du wirst ein halbes Magazin opfern müssen, wenn du ihn nicht wieder an der Backe haben willst …"
Nach einer Weile ließ die Kreatur die Arme wieder sinken, stützte sich mit zitternden Händen auf dem Boden ab und versuchte, den Oberkörper aufzurichten. Blut schoss stoßweise aus der klaffenden Mundhöhle und erstickte die kehligen Laute, die tief aus dem Brustkorb heraus wollten.
„Worauf wartest du – knall ihn ab!", forderte Vince laut.
Chris schüttelte den Kopf und trat ein paar Schritte zurück. „Erst muss ich wissen, wie weit er sich erholen kann."
„Und ich möchte wissen, wie der ohne alles an die Stollendecke gekommen ist …", murmelte Vince.
Immer weiter stemmte die Kreatur sich jetzt hoch, bis sie schließlich mit senkrechtem Oberkörper und ausgestreckten Beinen auf dem Boden hockte und dann den kahlgeschorenen, halb zerfetzten Schädel in den Nacken legte. So als wolle sie ihm etwas mitteilen, hatte sie das verbliebene

Auge auf Chris gerichtet und, vermischt mit dem strömenden Blut, kam statt kehliger Laute nur ein kaum hörbares Röcheln.
Was hatte Yasir aus diesen Menschen gemacht – und vor allem: wie viele davon gab es noch?
Der Körper verharrte jetzt, wie er war, nur der Schädel bewegte sich kaum noch wahrnehmbar hin und her. Chris drückte den Abzug der Maschinenpistole und feuerte eine Salve auf den Schädel. Die Geschosse warfen den Körper abermals auf den Rücken, und er bewegte sich nicht mehr.
Chris trat näher und beugte sich über den blutüberströmten Körper. „Du wolltest wissen, wie der an die Decke gekommen ist?", meinte er dann über die Schulter zu Vince hinter ihm. „Dann schau dir seine Finger an."
Vince trat neben Chris. „Das sind keine Finger mehr – das sind *Klauen*!", staunte er. „Schon klar jetzt, wie der da hinauf gekommen ist. Die Wände sind rau und rissig genug, und von da oben konnten wir nicht mit ihm rechnen."
„Wir gehen zu Fuß weiter", bestimmte Chris. „In dem Vehikel haben wir zu wenig Übersicht. Wir nehmen nur die Scheinwerfer." Er hängte die Maschinenpistole über die Schulter, hob den Revolver auf und steckte ihn in den Hosenbund zurück. Das Pfeifen in den Ohren ließ allmählich wieder nach. „Ich sichere nach vorne und nach oben, du nach rückwärts."

10.

Je tiefer sie ihn den Stollen vordrangen, umso beißender wurde der Gestank nach Verbranntem. Zudem wurde es fast mit jedem Schritt heißer, und den beiden lief der Schweiß in Strömen von der Stirn. Von weiter vorne her war seit geraumer Zeit ein schwacher, flackernder Lichtschein zu sehen.

„Sieht nach Feuer im Hauptstollen aus“, vermutete Vince. „Als wir vor den Monstern aus dem Stollen geflohen sind, gab es das Feuer noch nicht. Wenn er in beiden Richtungen brennt, kommen wir von hier aus nicht weiter.“

„Schalten wir die Scheinwerfer aus, vielleicht brauchen wir sie später noch. Das Licht von da vorne reicht.“ Chris verharrte, legte den Scheinwerfer zu Boden, nahm die Maschinenpistole in Anschlag und lauschte.

„Sind da welche?“, flüsterte Vince nervös und schaute sich hastig um.

Vom brennenden Hauptstollen her drang jetzt leises Heulen bis zu ihnen.

Und dann kamen sie auch schon von der Mündung zum Hauptstollen her auf sie zugestürmt … drei … vier Kreaturen in wallenden weißen Kaftanen. Mit weit ausgestreckten Armen tobten sie ihnen kreischend entgegen, so dass es von den Stollenwänden um ein Vielfaches widerhallte.

Chris feuerte das Magazin auf sie leer und setzte sofort ein neues ein, doch sie stürmten ungehindert weiter.

„Scheiße – vier! Die schaffen wir nie!“ Vince ließ den

Scheinwerfer fallen, nahm die Pistole hoch und zielte.
„Der rechte mit dem zerrissenen Kaftan: das ist deiner", rief Chris durch den Lärm und feuerte eine neue Salve auf die anderen drei. „Du kümmerst dich nur um den, verstanden?"
„Okay." Vince schoss das Magazin auf seinen Gegner leer, doch der rannte unbeirrt weiter auf ihn zu, gerade so, als ob keines der Geschosse ihn getroffen hätte.
Chris hatte sein zweites Magazin leer geschossen. Die Kaftane der Kreaturen färbten sich rot, doch sie waren einfach weitergestürmt – und er hatte nur noch zwei volle Magazine. Aber die würde er wohl noch brauchen …
Er ließ die Maschinenpistole fallen, stieß einen Schrei aus, der das Kreischen noch übertönte, ballte die Hände zu Fäusten und trat ihnen entgegen. „Kommt schon, ihr verfluchten Zombies! Zeigt, was ihr drauf habt!"
Noch im Lauf setzte die vorderste der Kreaturen zu einem mächtigen Sprung an, um Chris mit ausgebreiteten Armen und vorgestreckten Klauen von seitlich oben her anzugreifen. Chris bekam ihren rechten Arm zu fassen, packte zu, wirbelte mit der kreischenden Kreatur um die eigene Achse, ließ sie wieder los und schleuderte sie wuchtig gegen die beiden anderen. Wütend kreischend fielen die drei übereinander zu Boden, bildeten für den Moment ein wirres Knäuel aus Armen und Beinen – und da war Chris auch schon heran und trat der nächstbesten mit dem Stiefel wuchtig gegen den Schädel. Sofort griff er nach dem Schädel der nächsten – scharfe Klauen fuhren durch das Leinen-

hemd über seine Arme und gruben sich tief ins Fleisch. Ein Ruck, und das Genick der Kreatur brach knackend.

„Chris …!“

Er fuhr herum und sah Vince lang ausgestreckt auf dem Boden liegen, über sich den kreischenden Gegner, auf den er geschossen hatte. Doch der zerfetzte gerade mit fliegenden Klauen Vince Uniform und setzte an, die Zähne in seinen Hals zu schlagen. Chris packte zu, bog den Schädel der Kreatur nach hinten und brach auch ihr das Genick. Im nächsten Augenblick gruben sich die Zähne der noch übrigen in seine Schulter, und ihre Hände griffen gierig nach seinem Hals. Mit der tobenden Kreatur auf dem Rücken warf Chris sich mit aller Wucht gegen die Stollenwand, wieder und wieder, bis sie den Griff lockern, sich von ihm lösen musste und zu Boden ging. Er wirbelte herum, beugte sich über sie und schlug mit der geballten Faust so lange gegen den kahl rasierten Schädel, bis der knackend zerbrach und der Körper sich nicht mehr rührte.

Ächzend richtete Chris sich auf und schaute nach Vince. Der hatte seinen toten Gegner von sich und zur Seite geschoben, hockte mit weit offenen Augen auf dem Boden und glotzte reglos an die Stollenwand ihm gegenüber. Erst als Chris jetzt zu ihm trat und ihm die Rechte auf die Schulter legte, wich die Starre von ihm und er schaute auf. „Du … du hast sie alle erschlagen – alle vier! Wer zum Teufel bist du?“

Chris ging vor ihm in die Hocke und zog die Stirn in Falten. „Jetzt ist nicht die Zeit, Lebensläufe auszutauschen.“ Er

nickte. „Dein Kamerad hatte recht: Wir hätten es nicht versuchen dürfen – noch einen Angriff werden wir nicht überstehen."
„Heißt …?"
„Ich werde mein Hemd in Streifen reißen und du wirst mir die Arme und die Schulter verbinden."
„Ich meinte: wie machen wir weiter …"
„Bis zum Hauptstollen ist es nicht mehr weit. Wir werden ihn uns aus der Deckung heraus anschauen, und dann machen wir uns auf den Rückweg."
„Und wenn sie uns vorher noch einmal überraschen?"
„Dann werden wir kämpfen, Soldat."

Staunend blickte Chris in den weiten, domartigen Hauptstollen. Zur Linken brannte es ein Stück weit von ihnen lichterloh, zur Rechten aber erstreckte sich der unversehrte, von der Decke her gut beleuchtete Stollen bis zur Sichtgrenze. Ohne die hohe, gewölbte Decke hätte das alles wohl ausgesehen wie eine ganz normale Straße in den Abendstunden früher an der Oberfläche, mit Geschäften, Lokalen und Wohnungen darüber.
Mit der Rechten wies Vince in den Stollen. „Da hinein und drei, vier Kilometer geradeaus, dann wären wir fast an der Kommandantur. Nur: diese Monster können uns jederzeit aus jedem Eingang heraus angreifen – und es müssen nicht immer *nur* vier sein."
Chris nickte zustimmend. „Zu gefährlich … was ist das?" Aus der Tiefe des Stollens drang ein leises Geräusch bis zu

ihnen. Erst leuchteten schwach zwei Scheinwerfer, dann konnten sie kurz darauf das kräftige Brummen eines Motors hören.
„Das ist einer von uns!", rief Vince aufgeregt. „Einer unserer Panzer! Er kommt zu uns."
Das Fahrzeug wurde größer und das Brummen des Motors lauter, und schließlich hielt der Panzerwagen mit quietschenden Bremsen neben ihnen an. Er war ähnlich dem, mit dem man Chris bei seinem ersten Besuch zu Steve gebracht hatte.
Der Motor wurde abgestellt, die Seitenluke ging auf – und Steve kletterte heraus und trat zu ihnen. Um seinen Schädel war ein blutgetränkter Verband gewickelt und sein linker Arm dick bandagiert.
„Kein guter Zeitpunkt für einen Besuch", begrüßte er Chris. „Die nördlichen und östlichen Teile der Stadt sind komplett zerstört, den Rest erledigen jetzt die Monster und später wohl noch reguläre Truppen. Ich bin gerade dabei, die Bevölkerung zu sammeln, damit wir so schnell wie möglich evakuieren können."
„Ich wollte dich früher warnen, musste aber erst meine eigenen Leute aus dem Dorf in Sicherheit bringen."
„Versteht sich. Ihr seid verwundet; ich werde euch in die Notaufnahme fahren." Er wandte sich an Vince. „Welche Einheit, Soldat?"
Vince nahm Haltung an. „Korporal Vince Hofer, drittes Bataillon, zweite Kompanie, Kommandeur. Ich war mit zwei Kameraden auf Patrouille, als uns die Monster mit einer Ba-

zooka überraschten. Wir brachten uns durch einen Notausgang in Sicherheit und sind dort auf Chris gestoßen."
Steve schnaubte. „Es gibt kein drittes Bataillon mehr, Korporal, auch kein erstes. Vom zweiten sind noch kümmerliche Reste übrig, und die werden bei der Evakuierung helfen."
Nachdenklich schüttelte Chris den Kopf. „Ich hätte nie gedacht, dass Yasir schon über solche Schlagkraft verfügt. Wie lief das ab?"
„Zuerst zerstörten sie mit Streubomben unsere Solarfelder", erklärte Steve. „Somit hatten wir nicht mehr genug Strom, und unsere Hologrammschilde, mit denen die Stollenzugänge getarnt waren, brachen zusammen. Jetzt hatten sie sichtbare Ziele für ihre ferngelenkten Raketen, die sie durch die Stollen hereinschickten. Und dann kamen die Zombies …"
„Und warum treffen wir dich gerade hier?"
Gleichmütig zuckte Steve mit den Schultern. „Vor dem Krieg und vor den Katastrophen träumten sie davon, künstliche Intelligenz und menschliches Bewusstsein zu verschmelzen und uns so unsterblich zu machen. Heute sind wir froh, wenn wir wenigstens noch ein paar funktionierende Digitalkameras haben, mit denen wir Leute, die in Not sind, aufspüren und retten können – so wie euch zwei gerade eben. Machen wir, dass wir von hier fort kommen."
Er wandte sich an Vince. „Korporal, du fährst."

Chris und Steve hockten nebeneinander auf der Bank im hinteren Teil des Panzerwagens, Chris Maschinenpistole und Revolver neben ihm auf der Bank.
„Yasir hat Melina getötet", unterbrach Chris dann das Schweigen. „Er hatte sie nackt am Portal seines Doms aufgehängt – angeblich, weil sie hatte fliehen wollen …"
Aufgebracht schüttelte Steve den Kopf. „Das uralte Recht eines jeden Kriegsgefangenen! Er *muss* aufgehalten werden, Chris, egal wie, und egal von wem. Vielleicht hätte ich es geschafft, wenn er mir nicht zuvorgekommen wäre. Jetzt ist unsere Infrastruktur zerstört, und unsere Treibstoffvorräte größtenteils vernichtet. Wir werden uns fürs erste in die tiefen Höhlen weitab von hier zurückziehen und hoffen, dass er uns dort nicht findet."
„Unsere Leute haben wir in einen ehemaligen Straßentunnel in den Bergen gebracht. Das Dorf aber wird jetzt wohl schon in Schutt und Asche liegen."
Steve schaute Chris von der Seite an. „Hast du so etwas wie einen Plan?"
„Nein, und nicht ansatzweise auch nur so etwas wie eine Idee."
Der Panzerwagen hielt an, die Luke ging auf und die drei stiegen aus. Sie standen in einer schwach beleuchteten, großen Halle, von der aus nach drei Seiten hin offene Flure abzweigten.
Steve wies auf das massiv scheinende stählerne Tor, durch das sie gekommen waren, und das jetzt geschlossen war. „Hier drinnen sind wir fürs erste sicher, das knacken sie

nicht so schnell. Ich hoffe nur, dass der Treibstoff für die Notstromversorgung noch für eine Weile reicht. Kommt mit."
Sie traten in einen der Flure und gingen bis zu einer Glastür mit rotem Kreuz darauf. Steve öffnete und ging in den Raum dahinter, gefolgt von Chris und Vince. „Unser Hospital liegt ein Stockwerk tiefer", erklärte er Chris. „Alles, was wir an medizinischem Personal noch haben, ist dort unten mit Verletzten und Verwundeten beschäftigt. Darum werde ich euch zwei jetzt hier verarzten."

Steve hatte Chris und Vince Wunden versorgt und für Chris ein neues Leinenhemd aufgetrieben.
Jetzt standen die drei abermals vor der offenen Panzerluke. Steve legte Chris die Rechte auf die Schulter. „Du hast erzählt, dass Yasir euer Dorf inzwischen wohl zerstört haben wird und ihr eure Leute vor ihm verstecken musstet. Wenn du jetzt zu ihnen fährst, werdet ihr kein Zuhause mehr haben. Also kommt zu uns, du und deine Leute. Dann werden wir uns zusammen um Yasir kümmern und danach die Stadt wieder aufbauen."
Über Chris Gesicht zog ein Lächeln. „Das werden wir, Steve, das werden wir ..."
Steve zog die Stirn in Falten, und nickte dann, als habe er einen plötzlichen Entschluss gefasst. „Ich habe etwas für dich – bin gleich wieder da." Er machte auf dem Absatz kehrt, verschwand in einem der Flure, kam aber bald darauf mit einem länglichen Gegenstand in der Rechten zurück

und blieb vor Chris stehen. „Das da in meiner Hand ist ein Samurai-Kurzschwert, ein Wakizashi, wohl viele hundert Jahre alt. Jetzt gehört es dir." Er zog das Schwert aus der schwarzen Scheide, ließ es erst eine Weile im Deckenlicht der Halle blinken und reichte es Chris nun samt der Scheide.

Der zögerte erst, nahm dann aber beides an sich und schaute Steve aus großen Augen verwundert an. „Warum schenkst du mir das? Es ist sicher wertvoll für dich."

„Auch wenn du zu spät gekommen bist: du hast dich auf den verdammt langen Weg gemacht, um uns, um mich zu warnen. In Zeiten wie diesen ist so etwas eine eher seltene Ausnahme unter den Menschen. Wert …? Es hat einen Wert für den, der damit umgehen kann. Und nach allem, was unser Korporal hier in der Notaufnahme erzählt hat, bist *du* das wohl von uns beiden. Ich denke, ich bin ganz gut im Reden, im Organisieren und im Verwalten, aber der *ganz* große Krieger bin ich nicht …"

Immer noch verwundert betrachtete Chris die glänzende, leicht gebogene Klinge. „Gibt es zu dem Schwert eine Geschichte?"

„Die gibt es: Einer meiner Vorfahren kämpfte im zweiten Weltkrieg bei der US Air Force gegen die Japaner. Bei einer der vielen Luftschlachten schoss er dann einen von ihnen ab. Aber der hatte auch sein Flugzeug getroffen, und so gingen beide Maschinen verloren. Die Piloten konnten sich mit dem Fallschirm retten und trafen bald darauf am Boden abermals aufeinander. Doch der Japaner war verletzt und kampfunfähig, und er rechnete fest damit, dass mein Vorfahr ihm die Kugel geben würde. Der aber versorgte ihn, so gut er es an Ort und Stelle konnte. Damit rettete er ihm das Leben – und der Japaner bedankte sich prompt mit diesem Schwert."

Chris steckte das Schwert in die Scheide zurück und machte es dann am Hosengurt fest. „Ich werde es in Ehren tragen, Steve. Und wenn's drauf ankommt, wird es seine Arbeit tun."

Über Steves Gesicht zog erst ein breites Grinsen, dann nickte er Chris beifällig zu. „Genau das wollte …" Ein schmetternder Schlag wie von einem lauten Donner, und die ganze Halle fing plötzlich an zu beben.

„Das wird eines der noch übrigen Treibstofflager nicht weit von hier gewesen sein", vermutete Steve und schaute sich nach allen Seiten hin um. „Die Wände halten noch – aber machen wir trotzdem, dass wir von hier weg kommen. Wir werden den Notstollen nehmen, durch den ihr gekommen seid."

Rasch kletterten sie in den Panzerwagen; Vince als Fahrer ging nach vorne und Steve und Chris hockten sich wieder auf die Bank im hinteren Teil. Der Motor fing an zu dröhnen und sie fuhren los.

„Die Fernsteuerung für das Tor reagiert nicht mehr", meldete Vince gleich darauf. „Vielleicht hat es sich durch die Explosion verkeilt." Und hielt an.

„Schieß das verfluchte Ding zusammen!", befahl Steve laut. „Wir müssen hier raus."

Eine heftige Detonation, und dann fuhren sie abermals los. Doch nicht lange, und Vince hielt erneut an. „Der Stollen, durch den wir vorhin gekommen sind, ist jetzt verschüttet – keine Chance, da durchzukommen."

„Scheiße …", knurrte Steve und schaute Chris von der Seite an. „Das wird ein gewaltiger Umweg zu unseren beiden Kameraden und zu deinem Solarvehikel."

Vince wendete das Fahrzeug, und gleich darauf dröhnte der Motor unter Volllast auf.

„Wir müssen erst in die Nähe des Zentrums kommen, ehe wir nach draußen können", fuhr Steve fort. „Kann sein, dass es hier bald ein wenig heiß wird."

Steve hatte nicht übertrieben: Mit jeder Minute wurde es stickiger und heißer in dem engen Mannschaftsraum, und der Schweiß lief ihnen in Strömen übers Gesicht.

„Du willst also wieder aufbauen?", wollte Chris nach einer Weile wissen.

„Wenn wir irgendwann einmal nicht mehr mit Yasir zu rechnen haben …"

„Keinen blassen Schimmer, wie wir ihn aufhalten könnten."

Schweigen.

Nach einer Weile ließ die Hitze wieder ein wenig nach.

„Wir sind jetzt in einem der Stollen, die nach draußen führen", meinte Steve dann. „Später werden wir dort ein Stück weit um die Felsen herumfahren, ehe wir zum Notstollen kommen."

„Zombies voraus", meldete Vince.

„Wie viele?", wollte Steve wissen.

„Viele … zwanzig – vierzig …? Zudem schlecht zu sehen bei dem Licht, ob und wie sie bewaffnet sind."

„Anhalten, Korporal."

Vince hielt an, ließ den Motor jedoch weiterlaufen.

„Wenn wir durchbrechen wollten, würden wir irgendwann zwischen denen festsitzen", grübelte Steve. „Dann könnten wir nicht mehr vor oder zurück und sie hätten uns. Korporal, wie viel Munition?"

„Noch zwei Schuss."

„Was ist mit der Periskop-Waffe?", wollte Chris wissen.

Steve schüttelte den Kopf. „Nicht hier drinnen. Die Druckwelle würde den Stollen einstürzen lassen, und nicht nur die Zombies, sondern auch uns begraben. Korporal, eine Granate mitten hinein in den Haufen! Wenn wir Glück haben, erwischen wir sie samt ihrer Bewaffnung und sie können das Feuer nicht erwidern."

„Kommandeur!"

Erst eine gewaltige Detonation – dann Stille …

Jäh traf so etwas wie eine Riesenfaust den Panzerwagen, schleuderte ihn um die eigene Achse nach rückwärts weg und ließ ihn dann mit der Einstiegsluke nach oben zur Seite kippen. Chris und Steve waren übereinander gefallen, Vince lag mit dem Oberkörper voraus im Mannschaftsraum.

Chris fing sich als erster und kam hastig auf die Beine. „Raus hier! Bleibt oben neben der Luke, und lasst sie nicht herauf! Schießt erst, wenn ihr ihre Schädel ganz nah vor der Mündung habt. Steve, nimm du die Maschinenpistole,

Vince den Revolver – und dann mach die verdammte Luke auf und schalt den Motor ab!"
„Und du?", fragte Steve, während er sich aufrappelte und nach Atem rang. „Was nimmst du?"
„Samurai."
Knarrend ging die Luke auf, und Chris zog sich mit beiden Händen am Einstieg nach oben – keine Sekunde zu früh. Schon kamen Yasirs kreischende Kreaturen in wehenden Kaftanen heran, jagten kreuz und quer und aneinander vorbei und streckten ihre Krallen gierig zum Panzerwagen hin aus.
Hastig zwängten Steve und Vince sich jetzt nacheinander durch die Luke und bezogen dann Posten neben Chris. Der riss das Schwert heraus und ließ es ein paarmal wirbelnd durch die Luft fauchen. Eine der vordersten Kreaturen setzte zu einem gewaltigen Sprung an. Das Schwert blinkte auf – und der abgetrennte Schädel flog über den Panzerwagen hinweg weiter in den Stollen hinein. Doch schon drängten die anderen jetzt von allen Seiten heran, stießen sich gegenseitig wütend und kreischend von sich, um ja schnell auf den Panzerwagen zu kommen und die Beute zu zerfleischen.
Und dann war da nur noch das Kreischen der angreifenden Kreaturen, Schüsse – und ein Samurai-Schwert, wirbelnd durch die Luft fauchend Arme und Beine und Schädel von den Körpern trennend und Eingeweide zerfetzend …

Keuchend und über und über mit Blut besudelt standen Chris und Steve nebeneinander auf dem umgestürzten Panzerwagen und starrten auf die gespenstische Szene um sie herum. Wahllos neben- und übereinander auf dem Boden die Körper, die Schädel und die Gliedmaßen der toten Kreaturen – und irgendwo zwischen all dem musste Vince liegen, oder das, was von ihm noch übrig sein mochte. Einer der Angreifer hatte ihn am Bein zu fassen bekommen – und Chris hatte ihm sofort mit dem Schwert den Arm abgeschlagen. Doch da hatte Vince den Halt schon verloren und war mitten in die blutgierige Meute gefallen, die sich augenblicklich auf ihn gestürzt und ihn wohl regelrecht zerfetzt hatte.

Jetzt ließ Steve die leergeschossene Maschinenpistole fallen, wischte sich mit beiden Händen das Blut aus dem Gesicht und schaute Chris dann von der Seite an. „Ohne dich wäre ich tot."

Der steckte das Schwert in die Scheide zurück und erwiderte Steves Blick. „*Wir* haben gekämpft, nicht nur ich. Um Vince tut es mir leid."

Steve schluckte ein paarmal und nickte dann. „Es waren so verdammt viele ..."

„Wir müssen raus hier – und wir brauchen Wasser."

„An Wasser kommen wir nicht heran. Wir müssten den ganzen Weg zu Fuß zurück und direkt durchs Zentrum, und das ist zerstört oder von den Zombies besetzt."

Chris machte sich daran, vom Fahrzeug zu klettern. „In meinem Vehikel sind ein paar Flaschen und auch noch etliche Notrationen an Essen – wenn es das Vehikel noch gibt." Inmitten der toten Kreaturen stehend schaute er Steve zu, wie auch der jetzt herunter kletterte und dann neben ihm stehen blieb. „Wir werden uns aus den Kaftans von denen einen Kopfschutz gegen die Sonne machen müssen; etwas anderes haben wir nicht."

Am Zugang des Stollens atmeten sie erst einmal eine ganze Weile die heiße, trockene Luft ein. Keine Angriffe mehr, keine Detonationen, die den Fußmarsch erschwert hätten.
Steve hockte sich auf den heißen Sandsteinboden und schaute zu Chris auf. „Kurze Rast, dann können wir weiter."
Der schüttelte den Kopf. „Ich gehe allein." Er zog das Schwert aus der Scheide und hielt es Steve hin. „Nur solange ich fort bin. Am besten, du suchst dir irgendwo hier draußen ein Versteck. In welcher Richtung liegt der Stollen?"
„Du allein? Und ohne Waffen?"
„Ich komme zurecht. Also: Wohin?"
Steve nahm das Schwert und zeigte mit der Spitze. „Etwa zwei Kilometer am Sandstein entlang."

Chris schob den zusammengeknoteten Kaftanfetzen aus der Stirn, verharrte mit angehaltenem Atem und schaute sich nach allen Richtungen hin um. Keine fünfzig Meter vor ihm tat sich der Stollenzugang auf. Doch nicht weit davor lagen irgendwelche oder irgendetwas auf dem Boden.

Er bückte sich und griff nach einen beinahe doppelt faustgroßen Stein. Immer noch besser als gar nichts …
Dann trat er geräuschlos näher und schaute auf das, was da vor ihm lag: Das mussten die beiden Kameraden von Vince sein – oder die Reste von ihnen. Die Körper zerfetzt wie die Uniformen, die Schädel zertrümmert und kaum noch als solche zu erkennen. Die Pistolen der beiden waren fort, doch die taugten zur Verteidigung gegen die Kreaturen ohnehin nicht viel.
Ein Geräusch, das da aus dem Stollen heraus leise bis zu Chris drang: erst ein heiseres Zischeln, dann ein Krächzen.
Er schaute sich noch einmal um, trat dann von der Seite her an den Stollenzugang und sah eine von Yasirs Kreaturen, mehr liegend als hockend im schmutzigen Kaftan an die Stollenwand gelehnt. Blut lief ihr aus Mund und Nase, und aus großen, blutunterlaufenen Augen glotzte sie Chris nun an.
Der trat näher und zog die Stirn in Falten. Die Statur, die höckerartigen Rundungen auf dem glattrasierten Schädel über dem verzerrten, eingefallenen Gesicht … „Radwan? Bist du Radwan?"
Konnte das Radwan sein, der Händler aus der Nachbargemeinde, mit dem er eine Nacht in Yasirs Zelle verbracht hatte?
Zitternd hob die Kreatur den mageren rechten Arm und streckte die krallenartigen Finger nach Chris aus. Dann fing sie plötzlich an zu husten, und ein Blutstrom ergoss sich aus dem verzerrten Mund und über den Kaftan.

Chris ging in die Hocke und schaute ihr in die Augen. „Wie viele seid ihr? Und wie viele werden noch kommen?"
Für einen Moment schloss die Kreatur die Augenlider. Dann fingen die Lippen an zu zittern. „Vle …"
„Viele? Wolltest du *viele* sagen?"
Ein kaum merkbares Nicken.
„Aber du kannst nicht sagen, wie viele?"
Abermals nur Nicken. Und Chris wusste, mehr würde er hier nicht erfahren.
„Willst du einen schnellen Tod?"
Erneut schloss die Kreatur die Augenlider und machte sie nun nicht mehr auf.
Chris richtete sich auf, trat noch näher heran und schmetterte den Stein zweimal mit voller Wucht gegen den Schädel der Kreatur. Nach dem zweiten Schlag kippte sie lautlos zur Seite in den Staub und bewegte sich nicht mehr.

Wieder und wieder nach allen Seiten hin sichernd wagte Chris sich nun tiefer in den Stollen hinein. Aus der Ferne spendete das Feuer aus dem linken Hauptstollen noch immer schwaches Licht. Was, wenn der Zweisitzer zerstört war? Wie konnte er dann je zu Pia und zu den anderen nach Hause kommen? Denn ohne ein Fahrzeug hatte er so gut wie keine Chance, und Steve würde ihm auch nicht weiterhelfen können …
Als er die Umrisse des Zweisitzers im Dämmerlicht vor sich ausmachen konnte, atmete er erleichtert auf.
Gleich darauf ging er einmal um das Fahrzeug herum – es

schien unversehrt. Die Kreaturen waren wohl nur auf menschliche Wesen konditioniert.
Er machte die Beifahrertür auf, langte auf den Boden hinter dem Sitz, holte eine der verbeulten Wasserflaschen heraus und trank gierig. Das Wasser, noch von zuhause aus dem Nebel, war längst warm schmeckte fad und abgestanden. Doch es war Wasser, und somit war es auch Leben.
Jetzt aber musste er los – Steve würde sicher schon warten.

Chris hielt vor dem Stollenzugang, vor dem er Steve zurückgelassen hatte, und stieg aus.
Ein Geräusch. Er fuhr herum und erblickte Steve, wie der hinter ein paar größeren Felsbrocken mit dem Samurai-Schwert in der Rechten auf ihn zukam. „Gab's Probleme?"
„Deine beiden Soldaten, mit denen Vince auf Patrouille war, haben die Zombies ebenfalls erwischt. Lass uns im Fahrzeug etwas essen und trinken."

„Du fährst heim zu deinen Leuten?", fragte Steve später, schraubte den Verschluss auf die Flasche und reichte sie Chris auf dem Fahrersitz neben ihm. Der hatte das Schwert wieder an sich genommen und am Hosengurt befestigt.
„Behalt das Wasser, du wirst es noch brauchen. Nein, heute nicht mehr, denn bis Einbruch der Dunkelheit ist es nicht zu schaffen. Ich werde mir da oben in den Felsen ein passendes Plätzchen für die Nacht suchen."
Steve nickte. „Ich muss zurück in die Stadt und meine Leute sammeln – wie auch immer. Wir müssen fort sein, ehe Yasir

womöglich einen neuen Angriff startet."
„Er *wird* angreifen, er oder seine Tochter."
Steve öffnete die Beifahrertür und stieg aus. „Wir sehen uns, mein Freund."

Fernes, monotones Brummen weckte Chris aus tiefem Schlaf in seiner Felsnische hoch über dem Stollenzugang. Er blinzelte, drehte sich zur Seite und sah dann, was da im Morgengrauen in endlos lang scheinender Reihe von Süden her angerollt kam: Yasirs weiße, tiefliegende Panzerfahrzeuge. Langsam und in weitem Abstand zueinander strebten sie zur Linken auf ein Ziel irgendwo im Osten des Sandsteinmassivs zu.
Hastig suchte er seine Sachen zusammen, steckte das Schwert in die Scheide, kletterte seitlich vom Stollenzugang die Felsen hinunter und ging dann zum Zweisitzer, den er am Vorabend in einer flachen Mulde abgestellt hatte.
Grübelnd blieb er dann neben dem Fahrzeug stehen und schaute zum dunklen Stollenzugang zurück. Da drinnen lagen am umgestürzten Panzerwagen wohl immer noch seine leergeschossenen Waffen – sinnlos, sie holen zu wollen, denn er hatte keinen einzigen Schuss Munition mehr. Er hatte nur noch Steves Geschenk, das Samurai-Schwert.
Und ebenso sinnlos mochte es wohl sein, Steve vor dem, was da auf ihn zukam, warnen zu wollen. Zudem hatte der mit einem weiteren Angriff Yasirs gerechnet, war also sicher nicht unvorbereitet. Aber was würde Steve denn noch tun können, außer den Rest seiner Leute und sich selbst ir-

gendwo zu verbergen für die nächste Zeit …?

11.

Von Norden her fuhr Chris in die Nachbargemeinde ein. Rechterhand grüßten die verfallenen Hallen des alten Gewerbegebietes – und auch die des toten Radwan.
Vor der umgestürzten Mariensäule im Zentrum tauchten hinter deren Trümmern der hagere Harry samt seinen Kumpanen auf, und versperrten mit erhobenen Baseballschlägern drohend den weiteren Weg.
Chris hielt an, stieg aus und musterte die drei einen nach dem anderen.
„Dein Bergkaff haben sie in Schutt und Asche gelegt, die Rauch- und Staubwolken waren sogar hier noch zu sehen“, verkündete Harry schließlich in barschem Ton. „Und von unseren Leuten haben sie danach vierzig Männer mitgenommen – und die wollten das gar nicht! Kannst du uns vielleicht darüber was erzählen?“
Chris nickte ihm zu. „Die Aktion kam von Yasir – oder von seiner Tochter. Yasir hat damit gedroht, das Dorf zu zerstören. Und eure Männer brauchen sie für ihre künftigen Kriege. Mehr müsst ihr nicht wissen.“
„Ah! Müssen wir nicht …?“ Harry hob den Baseballschläger noch ein Stück weit an – und hatte im nächsten Moment die Spitze von Chris Schwert an der Kehle.
„Versuch das *nie* wieder“, mahnte Chris leise und drückte

die Schwertspitze noch ein wenig fester gegen Harrys Kehle.
„Schon gut", lenkte der ein und ließ die Hand mit dem Baseballschläger sinken.
„Warum haben sie euch drei nicht mitgenommen?", wollte Chris wissen und steckte das Schwert zurück. „Ihr steht doch hier herum wie bereit zum Abholen."
Erst wackelte Harry unschlüssig mit dem Kopf und schaute dann etwas verlegen zu Boden. „Nun … wir … wir mussten woanders was erledigen – Mann! Wer hätte denn später hier Wache gestanden und aufgepasst, wenn sie uns auch noch mitgenommen hätten?"
„Radwan kommt nicht wieder. Hatte er Verwandte oder Freunde, oder sonst jemanden, der sich um seine Sachen kümmern wird?"
„Der hat niemanden, schon lange nicht mehr. Was geschieht jetzt mit dem ganzen Zeug in seiner Halle, wenn er fort ist?"
Chris schnaubte. „Wenn er niemanden hatte, werdet *ihr* euch das wohl holen?"
„Wär doch schade drum. Du hast mich beim letzten Mal nach diesem Vitus und seinen Brüdern und Neffen gefragt."
„Ja …?"
„Die waren vom verfallenen Gestüt gar nicht weit weg von eurem Kaff. Irgendwie haben sie es all die Jahre über geschafft, noch ein oder zwei Gäule zu halten – wofür auch immer – bis ihnen Wasser und Futter wohl endgültig aus-

gegangen sind. Dann fingen sie an, in der ganzen Gegend um Wasser und um Futter zu betteln, und dabei sind sie wohl auch zu euch gekommen."
„Wenn ich um Wasser bitten will, versuche ich aber nicht gleichzeitig, das Gewehr von der Schulter zu nehmen."
Harry nickte zustimmend. „Nicht sehr gescheit."
Chris stieg wieder in den Zweisitzer und warf Harry durch das offene Fenster einen letzten Blick zu. „Lasst euch nicht auch noch rekrutieren – was wäre die Gemeinde denn ohne euch …?"

Ein Stück weit vor dem Dorf hielt er an, dort, wo eigentlich Pias und Robbis Tankstelle hätte stehen müssen, stieg aus und schaute sich aus großen Augen verwundert um. Nichts, kein Stein, kein Metallteil, kein Zugang zum Keller. Alles war gründlich zerstört, gerade so, als ob es hier nie etwas anderes gegeben hätte als nackte, staubige Piste.
Er fuhr weiter zum Dorfplatz, der jetzt keiner mehr war, und stieg abermals aus. Denn auch hier gab es nichts mehr, was auch nur im Geringsten an ein Haus oder gar an ein Dorf erinnert hätte. Den Weg hinauf zum Haus konnte er sich schenken – das Haus gab es nicht mehr. *Was* hatte hier gewütet?
Erst jetzt fiel ihm der dürre Wurzelstock auf, der dort, wo das Gemeindezentrum gewesen war, senkrecht im sandigen Boden steckte. An der Spitze des Stockes hing etwas langes Schwarzes, vom leichten Wind hin und her und auf und ab bewegt. Chris trat näher und sah, dass es eine Haar-

locke war.

Sheila ...

Sie also hatte den Auftrag gehabt, das Dorf zu zerstören, und er, Chris, sollte wissen, *wer* hier gewütet hatte. Dann würde Yasir wohl den zweiten Angriff gegen Steve und seine Stadt führen.

Er zog den Stock heraus, warf ihn samt Haarlocke achtlos zu Boden und schaute sich noch einmal um. Die Nebelwand am Ende der Dorfstraße waberte, wie sie es immer getan hatte; nichts und niemand würde ihr wohl je etwas anhaben können.

Er stieg ein und fuhr los, nach Süden hin, wo Pia und die Dorfbewohner in ihrem Versteck sicher schon ungeduldig auf ihn und auf Neuigkeiten warteten.

Gleich musste rechterhand das Bergmassiv mit dem Geröllhang an der Ostflanke aufragen, unter dem der Tunnel verborgen lag.

Chris fuhr um den wuchtigen Felsblock herum, der den weiteren Weg ins Tal und hin zum Tunnelversteck fast versperrte. Schon tauchte das gewaltige Massiv vor ihm auf – doch wo war der Geröllhang? Steil und gleichmäßig hatte er den unteren Teil der Flanke bedeckt. Jetzt war da überall nur noch nackter Fels, von den Gipfeln der Berge bis herunter ins Tal. Wild aufgetürmt und verstreut versperrte das Geröll Chris jetzt den weiteren Weg und er musste anhalten.

Was war hier los gewesen – und wo war der Tunnel?

Er stieg aus. Die Stelle war richtig, keine hundert Meter weiter hätte der versteckte Zugang sein müssen.
Die sengende Mittagshitze ließ die Luft im engen Tal flirren, doch Chris fühlte sie nicht. Alles, was er jetzt noch fühlte, war die Angst um Pia und die Dorfbewohner. Und je länger er hier wie angewurzelt stand, umso größer würde die Angst werden, bis sie ihm zuletzt die Kehle zuschnüren wollte.
Er riss sich los, zog hastig den Kopfschutz zurecht, erklomm die steile Halde und jagte dann mit gewaltigen Sätzen über das lose Geröll hinweg bis zu der Stelle, an der der Zugang zum Tunnel hätte sein müssen. Keuchend blieb er dort stehen und fing an, mit fliegenden Händen im Geröll zu wühlen und zu graben, bis die Haut in Fetzen von den Händen hing und Blut in das aufgeheizte Geröll tropfte.
Lange stand er dann wie versteinert auf der Stelle, bis er sich schließlich im Geröll niederließ und mit brennenden Augen vor sich hin starrte.
Sie waren alle tot – alle! Pia und die Leute aus dem Dorf. Miteinander lagen sie irgendwo unter diesen tausenden von Tonnen Geröll verschüttet und waren so für alle Zeit begraben. Er würde Pia nie wieder sehen.
... Wir sind noch nicht fertig ..., hatte Sheila bei seinem ersten Besuch in Yasirs Dom gezischt – und jetzt ihre Drohung wahrgemacht. Wie groß musste der Hass dieses verfluchten Monsters auf ihn sein? Und wie nur hatte sie das Versteck finden können?
Ein klappriges Solarmobil und ein Samurai-Schwert: Das

war alles, was ihm geblieben war. Damit hatte er faktisch die Mittel, in die Stadt zu fahren, Sheila und Yasir aufzuspüren und sie zu töten. Doch wie weit er wohl käme, bis er den Schergen der beiden in die Hände fallen würde – bis zur Stadtgrenze? Ein sinnloser Tod.
Aber hier bleiben konnte und wollte er auch nicht, hier, wo er einst ein neues Leben gefunden, und es ja auch eine Zeitlang hatte leben dürfen. Jetzt war es vorbei, jetzt musste es woanders weitergehen. Vielleicht konnte er Steve beim Wiederaufbau helfen, wenn der Krieg erst einmal vorüber war.
Harry aus der Nachbargemeinde hatte etwas von einem Gestüt erzählt, von dem dieser Vitus und seine Sippschaft wohl gekommen waren. Wenn er überleben wollte, brauchte er dringend ein paar Sachen – vor allem aber neue Kleidung.

Er war nahe am zerstörten Dorf vorbei und dann weiter nach Osten gefahren, dorthin, wo er das Gestüt vermutete. Und er hatte Glück: Nach wohl zehn Kilometern tauchten mehrere zum Teil verfallene Gebäude vor ihm auf, umgeben einst von einem längst morschen und an vielen Stellen zerbrochenen Stangenzaun. Hier war er noch nie gewesen, seit er sich in der Gegend aufhielt.
Er stellte den Zweisitzer zwischen zwei großen, heruntergekommenen Stallungen ab – einst sicher ansehnliche Gebäude aus Stahlträgern, Holz und Glas – stieg aus und schaute sich um. Hier also hatte man früher Pferde gezüch-

tet? Wie mochte das gewesen sein, welch ein Anblick, wenn die schönen Tiere morgens alle auf einmal aus der Stallung hinaus drängen wollten, um dann auf den weiten Wiesen herumzutoben und zu fressen?
Etwas abseits der Stallungen stand das, was man früher wohl einen Gutshof genannt hatte. Dort war unter anderem gewiss auch die Verwaltung des Gestüts gewesen. Ein mächtiger, sicher einst prachtvoller, dreigeschossiger Bau war das, gut und gern an die zweihundert Jahre alt. Jetzt aber war längst der Putz von den alten Ziegeln gebröckelt, und von den hohen Fenstern gähnten ihm nur noch die leeren Rahmen entgegen.
Er ging über den Hof zum Gebäude, blieb vor der verwitterten Haustür stehen und drückte die Klinke. Die Tür schwang knarzend auf und gab den Blick auf einen langen, dämmrigen Flur frei.
„Jemand da?“ Keine Antwort.
Er zog das Schwert und ging hinein – abgestandene, muffige Luft empfing ihn. Zur Linken konnte er durch eine offene Tür in einen Raum sehen, in dem mittig ein großer wuchtiger Holztisch und mehrere einfache Holzstühle drumherum standen. Über den ganzen Tisch verteilt Gläser, Teller und ein paar altmodische schwarze Töpfe; und zwischen all dem verschiedenes Besteck.
Hatten Vitus und die seinen hier ihre letzte Mahlzeit eingenommen, ehe sie zum Dorf aufgebrochen waren und dort den Tod gefunden hatten?
Chris wandte sich ab und ging weiter in den dämmrigen

Flur.

„Niemand da?“ Wieder keine Antwort.

Auch die Tür zum übernächsten Raum stand offen. Er trat ein und ließ den Blick schweifen. Ein hölzernes Einzelbett nahe dem Fenster und ein dunkler schmaler Kleiderschrank an der Wand gegenüber waren das einzige Mobiliar in der Kammer. Vor dem Schrank blieb er stehen und machte ihn auf. Sofort stieg ihm auch hier wieder der Geruch nach Moder und nach Schimmel in die Nase. Doch auf einer schmalen Ablage in Augenhöhe entdeckte er einen breitkrempigen, löchrigen Filzhut, und auf der Stange darunter hingen an Bügeln ein paar Kleidungsstücke, unter anderem eine lange Hose aus festem Leinen und ein ebensolches Hemd.

Er legte das Schwert ab, zog seine alten, verschlissenen Sachen aus, nahm Hose und Hemd vom Bügel und schlüpfte hinein – beides passte wie angegossen. Zuletzt setzte er noch den Filzhut auf: ein wenig klein zwar, aber besser als der schmutzige Kaftanfetzen war er allemal.

Und so gürtete er das Schwert wieder um, verließ das Zimmer und ging über den Flur zurück in den Hof. Ob er die beiden Stallungen noch aufsuchen sollte?

Das große Schiebetor an der Stirnseite der rechten Stallung ließ sich auffällig leicht zur Seite bewegen. Chris trat ein und schaute sich um. Bis auf ein paar alte Strohballen und einer Reihe von Blechschränken an der Wand zur Rechten war die Stallung ausgeräumt. Sonnenstrahlen fielen durch das undichte Dach auf einen mit wahllos verstreutem Stroh bedeckten Boden, und Milliarden von Staubpartikeln tanz-

ten im gleißenden Licht.
Er wandte den Blick und schritt über einen unter dem Stroh knarzenden Boden hin zu den Schränken. Viel würde da sicher nicht mehr zu finden sein, aber nachsehen …
Unter seinen Füßen brach der Boden ein. Er fiel und fiel und knallte dann mit dem Schädel gegen etwas Hartes.

12.

Er steht im Oval eines gepflasterten Hofes, und es muss wohl der Hof einer kleinen mittelalterlichen Burg sein. Vor ihm ein quadratischer, hoher Turm in den blauen Himmel ragend, den man einst wohl Bergfried oder so ähnlich geheißen hatte. Rechts daneben schließt sich ein aus groben Feldsteinen gemauertes Wohnhaus mit winzigen Fenstern und einer schmalen Rundbogentür an. Und noch weiter rechts davon ducken sich flache Stallungen an eine mannshohe Burgmauer, auch sie aus Feldsteinen gemauert. Schmale hölzerne Wehrgänge führen oben entlang.
Wo ist er? Und wie kommt er hier her …?
Die Burg thront sicherlich auf einem hohen Fels, denn um sie herum sind die Wipfel von Bäumen zu sehen. Nein, nicht nur die von einzelnen Bäumen – die Wipfel von ganzen Wäldern. *Grüne* Wälder im Sonnenlicht!
Chris wendet den Blick und starrt nun auf eine sicher fast zweitausend Meter hohe Bergflanke, auch sie bis auf halbe Höhe mit Bäumen bewachsen. Dann schließt er die Augen

und atmet genussvoll die kühle, frische Bergluft ein. Wenn er jetzt die Augen öffnet, wird er ganz bestimmt …

„Gefällt es dir?“

Er macht die Augen auf – niemand. „Zeig dich!“

Ein leises Lachen. *„Dann dreh dich um zu mir.“*

Er wirbelt herum und sieht sich einem großgewachsenen, schwarz gekleideten Mann mit hagerem Gesicht und mit langen pechschwarzen Haaren gegenüber. Wo ist *der* plötzlich hergekommen?

Jetzt verschränkt der Mann die Arme vor der Brust und erwidert lächelnd Chris ratlosen Blick. Dieses Gesicht … Chris hat dieses Gesicht schon einmal gesehen; schemenhaft zwar in der Nebelwand oberhalb vom Dorf – doch das muss es gewesen sein!

„Wo … wo bin ich hier?“

Mit der Rechten macht der Mann eine weit ausladende Bewegung. *„Du bist im Hof der Burg auf dem Fels oberhalb eures Dorfes - allerdings im Jahr Vierzehnhundertzwanzig.“*

„Ist … ist die Burg in meiner Zeit noch da? Wir konnten nie etwas sehen – der verdammte Nebel.“

Der Mann nickt zustimmend. *„In deiner Zeit gibt es außer ein paar verfallener Stollen längst nichts mehr von der Burg. Und der Nebel ist mein Werk. Denn das hier ist ein ganz besonderer Ort, und den muss nicht jeder betreten und davon berichten dürfen.“*

„Also tötest du lieber alle, die es dennoch versuchen …?“

„Niemand, der je in den Nebel gegangen ist, ist darin umgekommen. Sie alle haben weitergelebt, allerdings in anderen Dimensionen, wenn dir das etwas sagt. Sie sind durch den Nebel als ein

Zeitfenster in Parallelwelten gegangen, und dort sind sie irgendwann auch gestorben: An einer Krankheit, bei einem Unfall, woran auch immer. Auch dein Schwager lebt, und da, wo er jetzt ist, können sie vielleicht sogar seine Krankheit heilen. Euer Dorfvorstand lebt nicht mehr, aber dafür hat dein Schwager gesorgt."
„Wer bist du?"
„Greg."
Greg: Das war der Name des Mannes gewesen, der nach Yasirs Worten einst den Roman über die Burg geschrieben hatte.
„Und was soll ich hier?"
Greg zieht die Stirn in Falten und schaut Chris dann fest in die Augen. *„Yasir hat dir alles genommen: Deine Frau, dein Heim, die Leute aus dem Dorf und das Dorf selber auch."*
Chris kann nur nicken.
„Yasirs Familie ist sehr alt", berichtet Greg nun. „Einer seiner Vorfahren ritt einst mit den Mongolen unter Dschingis Khan. Er und seine Truppen waren die grausamsten unter den Mongolen, die man sich nur denken kann. Unterjochten sie ein Volk oder einen Stamm, töteten sie alle Säuglinge und zwangen die Mütter, sie roh zu essen. Irgendwann wurden selbst Dschingis Khan die Grausamkeiten zu viel und er jagte ihn davon. Über die Jahrhunderte hinweg zogen seine Nachkommen und somit Yasirs Vorfahren dann immer weiter gen Westen – und wo er jetzt ist, muss ich dir nicht sagen."
„Du weißt so viel über ihn, und du könntest – denke ich – ihn auch bekämpfen und vernichten. Warum tust du es nicht? Gefällt dir das, was er so treibt? Macht es dir Spaß,

dabei zuzuschauen?"
Abermals zieht ein Lächeln über Gregs Gesicht. *„Stimmt, ich könnte es. Nur: Vernichte ich ihn, ist es nicht mehr deine, ist es nicht mehr eure Welt. Dann ist sie durch mich fremdbestimmt, und ihr seid nur noch Zuschauer. Ihr habt die Welt, wie du sie kennst, zu der gemacht, die sie ist – dazu brauchtet ihr keine überirdische Macht."* Schlagartig verschwindet sein Lächeln. *„Die großen Katastrophen, die die Welt an den Rand des Abgrunds geführt haben: Sie sind eure Werke. Und nicht nur die von Menschen wie Yasir."*
„Und mit dieser nicht ganz neuen Einsicht soll ich nun gegen ihn bestehen …?"
„Genau das – und kein anderer als du, denn sonst bleibt von dem, was noch übrig ist, auch nichts mehr. Es ist deine Bestimmung."
Gregs Blick wandert jetzt an Chris Gestalt nach unten und fällt dann auf die Schwertscheide an seinem Gürtel. *„Ich liebe Schwerter. Zeigst du es mir?"*
Wortlos zieht Chris das Schwert aus der Scheide und reicht es Greg. Der nimmt die Waffe behutsam mit der Rechten am Griff, hält sie schräg nach oben und dreht sie dabei im Sonnenlicht. *„Wakizashi"*, murmelt er dann und fährt mit dem Daumen der Linken leicht über die scharfe Schneide. *„Zwanzigmal umgeschmiedet, eine Million Lagen. Es gab einfache lange Katanas, zuletzt in großer Menge in Japan für die Soldaten im zweiten Weltkrieg hergestellt, und ebenso einfache Kurzschwerter. Aber das hier … perfekt."* Er senkt das Schwert, hält es jetzt waagrecht zwischen sich und Chris – und rammt die Klinge plötzlich bis zum Heft in Chris Leib. Sofort lässt er

den Griff los, weicht zwei Schritte zurück und mustert Chris unter zusammengezogenen Augenbrauen.
Der aber schaut aus großen Augen an sich hinab, starrt erst auf den Griff des Schwertes, der vor seinem Leib ragt, dann auf Greg, der ihm nun aufmunternd zunickt.
„Nimm es am Griff und ziehe es heraus!"
Chris hatte keinen Schmerz gefühlt, als die Klinge sich in seinen Leib gebohrt hatte – und er spürt auch jetzt nicht, dass da etwas tief in ihm steckt. Ist er schon tot, und ist das nur noch seine Seele, die alles von außen verfolgt und nichts mehr spürt?
„Ziehe es heraus!", fordert Greg abermals nachdrücklich.
Tausend Gedanken jagen durch Chris Kopf. Schließlich aber packt er den Schwertgriff mit der Rechten, zieht die Klinge mit einem Ruck heraus und lässt die Waffe fallen, als habe er sich die Finger daran verbrannt.
„Taste nach der Stelle deines Körpers, in der das Schwert gesteckt hat!"
Mit den Fingern der Rechten streicht Chris zaghaft über Brust und Bauch – nichts. Kein Blut, kein Einstich. Nur das Leinenhemd hat ein Loch.
Greg tritt heran, bückt sich, hebt das Schwert auf und hält es Chris vor Augen. *„Was siehst du?"*
„Kein … kein Blut …?"
„Gut erkannt. Komm mit, ich zeige dir noch etwas anderes." Er macht kehrt und geht zur Burgmauer mit den schmalen Wehrgängen, und Chris tappt wie benommen hinter ihm her.

An einer seitlich gelegenen Stelle führt eine schmale Holztreppe auf einen der Wehrgänge. Nacheinander steigen die beiden hinauf und bleiben dann Seite an Seite hinter der hölzernen Schutzwand stehen.
„Ein schöner Wald da unten, nicht wahr?", meint Greg und zeigt mit der Schwertspitze auf die Bäume ein Stück weit vom Burgfels. *„Schau auf die kleine Gruppe hoher Fichten genau vor uns."* Jetzt streckt er den rechten Arm mit dem Schwert in der Hand weit nach vorne aus und öffnet die Hand. Erst schwebt das Schwert frei vor Greg in der Luft, dann fängt es auf einmal an, wie wild zu rotieren und wirbelt jäh kaum noch wahrnehmbar los. Immer schneller rotierend faucht es dann von oben her wie ein zuckender Blitz in die Fichtengruppe. Und schon fliegen armdicke Holzstücke und große und kleine Äste aus einer immer mächtiger werdenden Wolke aus Holzstaub und Splittern nach allen Seiten hin davon.
Abermals streckt Greg den Arm aus und öffnet die Hand. Wirbelnd faucht das Schwert heran und kehrt dann mit dem Griff in seine Hand zurück.
Aus großen Augen starrt Chris dorthin, wo kurz vorher noch die Fichtengruppe gestanden hat – nichts mehr da. Kein Baum, nicht einmal mehr die Stümpfe von ihnen sind zu sehen, nur noch eine kahle Fläche mit kleingehacktem Holz.
Greg hält das Schwert abermals ins Sonnenlicht und lässt den Blick prüfend über beide Seiten wandern. *„Sieh nur: Nicht die Spur von einem Kratzer. Das nenne ich wahre Schmie-*

dekunst!"

Dann reicht er es an Chris zurück. *„Diesem Schwert wird nichts widerstehen, nichts und niemand – denke immer daran."*

Chris nimmt das Schwert und steckt es wieder in die Scheide zurück. „In deiner Hand mag das so sein."

Greg aber schüttelt den Kopf. *„Ich habe dir eben zwei Dinge geschenkt: Unverwundbarkeit und die Kraft, dieses Schwert dahin zu lenken, wo immer du es haben willst, und was immer es dort verrichten soll. Nutze beides so, wie du es für richtig und für notwendig hältst. Vergiss aber nie: du bist unverwundbar, doch nicht unsterblich …"*

13.

„… Wenn du mich hören kannst: Ich lasse jetzt eine Leiter hinunter." Wo kam die tiefe Frauenstimme auf einmal her? Chris machte die Augen auf und starrte nach oben, dorthin, wo er am Rand des dunklen Schachtes schemenhaft ein Gesicht ausmachen konnte. Doch schon verschwand das Gesicht wieder, und er drehte den Kopf vorsichtig zur Seite. Wo war er, und wie kam er hierher? Er hatte doch vom Eingang der Stallung her zu den Blechschränken gehen wollen – ja, und dann war plötzlich der Boden unter seinen Füßen weggebrochen …

Beim Aufprall war er wohl mit dem Schädel irgendwo dagegen geknallt, denn die Millionen von Bienen darin summten laut und schmerzhaft.

Am Schachtrand tauchte das Gesicht wieder auf. „Leiter kommt!“ Die dann sogleich achtsam herabgelassen und neben ihn auf den Boden gestellt wurde.
Ächzend stand er auf und bewegte die Gliedmaßen. Er hatte sicher ein paar Prellungen, aber gebrochen war wohl nichts. Und so nahm er den Hut vom Boden, setzte ihn auf, griff nach der ersten Leitersprosse und kletterte bedächtig nach oben.
Oben erwartete ihn eine ältere, in weites Leinen gekleidete hagere Frau. Lange, eisgraue Haare umrahmten ihr verhärmtes, hohlwangiges Gesicht.
Chris trat von der Leiter weg, und sofort machte die Frau argwöhnisch ein paar Schritte zurück. Dann musterte sie ihn mit gerunzelter Stirn von oben bis unten. „Das ist Peters Kleidung, die du da trägst. Wie in aller Welt kommst du dazu?“
„Ich bin Chris de Beer aus dem Dorf nicht weit von hier. Ist Peter ein Verwandter von Vitus?“
„Sein Bruder, und mein Mann. Sie waren losgezogen, um nach Wasser für uns und die Pferde zu suchen. Zurück sind sie bis heute nicht. Ich bin Lisa.“
„Sie werden auch nicht wiederkommen. Hör zu …“ Und er erzählte Lisa, wie Vitus Wasser und Treibstoff gefordert und dabei nach dem Gewehr gegriffen hatte, und wie er und die anderen danach umgekommen waren. „Auch wenn er nicht nach seinem Gewehr gegriffen hätte: der Weg zu uns war auf jeden Fall umsonst – aber sie wären zumindest noch am Leben“, schloss er dann.

Lisa hatte ihm die ganze Zeit über ruhig zugehört. Jetzt wischte sie mit den Handrücken die Tränen vom Gesicht. „Also erst erschießt ihr sie, dann kommt ihr in ihr Haus und stehlt auch noch die Kleidung …?"
Chris schüttelte den Kopf. „Ich dachte, das Gestüt wäre längst verlassen. Drüben im Flur vom Gutshof habe ich zweimal gerufen, aber keiner hat geantwortet."
„Ich war im anderen Stall. Dein Vehikel da draußen habe ich nicht gehört, als du auf den Hof gefahren bist. Ich hab's erst gesehen, als ich aus dem Stall gegangen bin. Hier stand das Tor offen, und da wollte ich wissen, wer hier herumschleicht."
„Die Sachen gebe ich dir natürlich zurück. Ich bring sie in die Kammer und ziehe mein altes Zeug wieder an."
Lisa zögerte erst, winkte dann aber heftig ab. „Es ist keiner mehr da, der es braucht. Wenn du willst, kannst du das alles hier haben, das ganze verdammte Gestüt – schau nicht so, ist mein Ernst! Ich gehe fort, denn allein ist das hier nicht zu schaffen. Wozu auch? Nur noch für mich?"
„Wo wirst du hingehen?"
Sie zuckte mit den Schultern. „In der Nachbargemeinde lebt noch eine Schwester von mir, längst verwitwet. Bei der werde ich fürs erste unterkommen."
„Und dein Gestüt? Ich will es auch nicht."
„Dann scheiß drauf – ich habe mich hier nie wohlgefühlt."

Chris fuhr die einstige Dorfstraße hinauf, hielt vor der Nebelwand und stieg aus. Dann holte er die leeren Flaschen vom Boden hinter den Sitzen hervor, trat an den Wasserlauf, ließ sich im Kies daneben nieder und begann, eine Flasche nach der anderen mit frischem kühlem Nass zu füllen.
Jetzt erst kam ihm die seltsame Geschichte wieder in den Sinn, die er nach dem Sturz in den Schacht des Gestüts wohl geträumt hatte, und er verzog das Gesicht. Der Aufprall mit dem Schädel musste wohl doch arg heftig gewesen sein, um solches Zeug phantasieren zu können: Er, Chris, fast siebenhundert Jahre davor zusammen mit einem schwarz gekleideten Mann im Hof der alten Burg, die Unverwundbarkeit, sein Samurai-Schwert, dass bloßer Gedankenkraft gehorcht hatte …
Er schraubte den Verschluss auf die letzte Flasche, stand auf, trug die Flaschen zurück zum Zweisitzer und verstaute sie wieder hinter den Sitzen.
Wohin jetzt – hier gab es nichts mehr. Steve hatte ihm angeboten, mit Pia und den Dorfleuten zu ihm zu kommen und seine Stadt wieder mit aufzubauen. Er würde Steves Angebot annehmen, doch nun würde er sich allein auf den Weg machen …
Und wieder kam ihm die Geschichte in den Sinn, die er im Schacht des Gestüts geträumt hatte. So etwas konnte doch nur blanker Unsinn sein!
Und wenn schon … Er zog das Schwert aus der Scheide und betrachtete es eine ganze Weile mit gerunzelter Stirn. Dann streckte er den Arm mit dem Schwert in der Hand aus.

„Flieg. Und dann komm zu mir zurück." Um das Gesagte sofort wieder zu bereuen – einfach zu absurd.
Jäh entglitt der Griff seiner Hand, und das Schwert jagte davon, im Sonnenlicht blitzend um sich selbst wirbelnd. Aus großen Augen schaute Chris ihm nach, bis es aus seinem Blickfeld verschwunden war. Doch nicht für lange, denn schon blitzte es wieder heran und wollte mit dem Griff zurück in seine Hand.
Ohne richtig mitzukriegen, was er tat, nahm er das Schwert und steckte es in die Scheide zurück. *Das* war jetzt nicht passiert – und nein, er lag auch nicht mehr auf dem Grund des Schachtes und phantasierte vor sich hin.
Erst eine ganze Weile später drehte er sich um und starrte lange und reglos auf die wabernde Nebelwand. War *das* das Geheimnis: Dieser Greg auf der Burg, über deren Geschichte er einst einen Roman geschrieben hatte? Und war er tatsächlich aus der Stadt gekommen vor langer Zeit? Und woher, oder von wem hatte er seine Kraft und seine Macht erhalten? Und wie konnte er über andere Dimensionen bestimmen?
„Wer bist du?"
Keine Antwort. Nur undurchdringlicher Nebel.
Er schaute an sich hinab und tastete nach der Stelle, an der im Burghof das Schwert seinen Leib durchbohrt hatte. Das Hemd darüber war fleckenlos und unversehrt – natürlich, denn das alles war so ja nicht passiert.
Und doch: Wenn er allein mit der Kraft des Gedankens das Schwert fliegen lassen konnte, dann musste das mit der Un-

verwundbarkeit doch auch eine Bewandtnis haben.
Er packte den Griff und zog das Schwert abermals aus der Scheide. Dann hielt er es vor Augen, drehte es erst ein paarmal im Sonnenlicht und setzte die Spitze dann an der Stelle an, in die Greg sie gestoßen hatte.
Sachte verstärkte er den Druck. Das Schwert schlitzte das Hemd, und er konnte es jetzt auf der nackten Haut spüren. Immer noch kein Schmerz, also verstärkte er den Druck abermals und schaute aus großen Augen der Klinge zu, wie sie ganz langsam immer tiefer in seinem Leib verschwand. Jäh packte ihn die Panik und er riss die Klinge mit einem Ruck heraus. Gleich würde ein Schwall von Blut folgen und alles nach kurzer Zeit vorbei sein – doch nichts dergleichen geschah. Kein Blut, kein Schmerz, keine Ohnmacht. Wie versteinert starrte er auf die Klinge: Im Sonnenlicht glänzte sie ihm so blank und rein entgegen, als hätte er sie gerade eben erst gründlich geputzt.
Tief Atem holend steckte er das Schwert zurück, hockte sich dann in den Zweisitzer und starrte reglos nach draußen. Unverwundbarkeit und die Macht des Schwertes: war beides genug, um es mit Yasir und Sheila aufnehmen zu können? Denn das war es ja wohl, was Greg von ihm gefordert hatte.
Er nickte stumm. Ja, beides musste genug sein; den Rest würden sein Wille und seine eigene Kraft besorgen.
Langsam verschwand die Sonne hinter den Vorbergen im Westen. Wie oft hatte er hier mit Pia gestanden, und Arm in Arm mit ihr in den Sonnenuntergang geschaut? Genau hier

an dieser Stelle, nur wenige Schritte vor ihrem Haus. Das war nun vorbei, Pia war tot und das Haus dem Erdboden gleichgemacht.
Die kommende Nacht würde er also hier im Fahrzeug schlafen und sich tags darauf auf den Weg in die Stadt machen.
Und dann war Zahltag …

Die Morgendämmerung war schon heraufgezogen, als Chris sich den Schlaf aus den Augen rieb und dann blinzelnd aus dem Seitenfenster schaute. Er stieg aus und streckte die tauben Arme und Beine.
Hoch und mächtig wie eh und je ragte die Nebelwand vor ihm auf, und plötzlich wünschte er, da hineinzugehen, um noch mehr von Greg und seinen Geheimnissen zu erfahren. Dann schüttelte er den Kopf und wandte sich ab. Noch war sein Platz in dieser Welt – die andere würde warten müssen. Und so setzte er sich wieder ins Fahrzeug und fuhr los.

In der Ferne tauchten am blauen Himmel die bizarren Überreste der Großstadt auf, die gezackten Stümpfe der Türme und die Skelette der Hochhäuser, die vor Krieg und Zerstörung das Stadtbild geprägt hatten.
Nicht weit vor der Stadtgrenze sah Chris zur Rechten einen mächtigen, längst toten Baum neben der alten Autobahn. Nahe des Baums hielt er an, stieg aus und zog das Schwert. Greg hatte ihm gezeigt, wie man damit einen ganzen Wald zu Kleinholz machen konnte. Doch wie sah es mit subtile-

ren, auf einen Punkt gezielten Angriffen aus?
Dem Baum waren drei starke, doch lange schon kahle Äste geblieben. Einem anklagenden Arm gleich strebte der oberste immer noch gen blauen Himmel: *Was habt ihr uns getan …?*
Chris hob den Arm mit dem Schwert in der Hand und stellte sich vor, wie das Schwert den Ast mit einem Hieb vom Stamm trennen würde. Dann öffnete er die Hand. Das Schwert blitzte los, ein knackendes Geräusch – der Ast fiel berstend auf die Erde, und das Schwert kehrte in Chris Hand zurück.
Er steckte es in die Scheide, wandte den Blick vom toten Baum und starrte zu den Ruinen der Stadt ...

Als er an den ersten der verlassenen Wohn- und Bürogebäude vorbei fuhr, schaute er sich immer wieder nach allen Seiten hin um, denn er rechnete fest damit, schon hier auf Patrouillen zu stoßen mit dem Auftrag, ihn festzunehmen. Doch scheinbar wollte ihn niemand behelligen.
Ein paar Straßenzüge weiter hielt er am Rand eines Abhangs, von dem aus man einen weitläufigen Platz überblicken konnte: Die alte Festwiese, auf der bis vor fünfzig Jahren im Herbst eines jeden Jahres ein großes Spektakel stattgefunden hatte. Riesige Zelte in Reih und Glied, in denen Unmengen von Bier ausgeschenkt worden waren. Und Dutzenden von Fahrgeschäften für die, die sich getraut hatten, auf engen, schmalen Sitzen mit ein wenig Blech oder Kunststoff um sie herum mitzufahren. Jetzt glich die eins-

tige Festwiese einer Mondlandschaft, übersät mit Bomben- und Granatentrichtern noch aus den Zeiten des letzten Krieges.
Zwischen verfallenen und zerstörten Häuserzeilen fuhr er dann auf holprigen Straßen weiter ins Zentrum hinein.
Wo nur waren die Patrouillen – hatten sie etwa Anweisung, ihn passieren zu lassen? Warteten Yasir oder Sheila gar schon auf ihn? Wie die Spinnen, die im Netz auf ihre Beute lauern …?

14.

Vor der Rathausruine hielt er an und stieg aus. Auch hier war es, wie immer tagsüber, menschenleer und totenstill.
Er ging das kurze Stück bis zum Dom und blieb auf dem Platz vor dem weit offenen Hauptportal stehen. Einer von Yasirs Kaftan-Soldaten stand reglos und mit verschränkten Armen davor und starrte erst eine ganze Weile unverwandt zu ihm her. Dann verzog er die Mundwinkel und nickte Chris zu. „Du wirst sehnlichst erwartet."
„Danke." Der zog das Schwert und streckte den Arm aus. Das Schwert fauchte los, trennte den Schädel des Soldaten vom Hals und kehrte augenblicklich zurück. Schädel und Körper fielen lautlos auf das Pflaster neben dem Portal.
Mit dem Schwert in der Rechten trat Chris in das hohe Kirchenschiff und ging dann mit langen Schritten auf den Glastisch am anderen Ende zu, wo Sheila mit einer Maschinen-

pistole im Anschlag wohl schon gewartet hatte.
Krachend schlug das Portal hinter ihm zu, und er warf einen Blick über die Schulter. Es waren sicher an die zwanzig Soldaten, die dort jetzt – auch sie mit Maschinenpistolen im Anschlag – den Rückweg versperrten.
Chris schaute wieder nach vorne, blieb dann auf halbem Weg stehen und fing an zu lächeln. Sheila schüttelte heftig den Kopf, wohl erbost darüber, wie er es wagen konnte, sich in seiner Situation auch noch lustig über sie zu machen. Strähnen ihrer langen, schwarzen Haare fielen wirr in ihr Gesicht. „Lass dein verdammtes Grinsen! Was willst du jetzt von mir – Gnade? Einen schnellen Tod? Und was soll das Messerchen in deiner Hand?"
„Wo ist Yasir? Wo ist der andere von euch zwei verfluchten Mördern?"
Schallend lachte sie auf. *„Der?* Der ist beim alte Städte plündern. Mir ist nur dein lausiges Dorf und das Pack geblieben, dass sich wie die Ratten in den Bergen versteckt hatte. Meine Nachricht im Dorf hast du sicher gefunden."
„Ja, dein schönes Haar ... Wie hast du das Versteck aufgespürt? Und womit hast du das Dorf und das Versteck zerstört?"
„Die paar Hütten? Das war *die* Gelegenheit, die neuen Panzerwaffen zu testen. Erstklassige Arbeit, nicht wahr? Nach und nach werden wir alle Panzer damit ausrüsten. Und meine Spürhunde haben danach deine Leute gefunden. Du weißt ja: ich liebe Hunde über alles – mehr, als je einen von euch verdammten Kerlen!"

Chris nickte und zog die Stirn in Falten. „Wer sich wohl um deine Hunde kümmern wird, wenn du nicht mehr bist?"
Erst starrte sie ihn aus großen Augen verblüfft an, dann lachte sie abermals schallend auf. „*Du* hast Probleme! Ich werde mich noch um meine Hunde kümmern, da bist du längst am Verfaulen."
„Wie du meinst ..." Er senkte den Arm mit dem Schwert in der Hand und öffnete sie. Gleich darauf hallten vielstimmige Todesschreie durch das ganze Kirchenschiff. Das Schwert kehrte zu Chris zurück, und jäh herrschte eine fast gespenstische Stille.
Sheila ließ die Maschinenpistole sinken und glotzte eine ganze Weile wie gelähmt zum Portal am anderen Ende, wo sie ihre Soldaten erschlagen kreuz und quer und über- und nebeneinander liegen sah.
Als wolle sie aus einem bösen Traum erwachen, schüttelte sie dann den Kopf, riss die Maschinenpistole nach oben, stieß einen gellenden Schrei aus und feuerte das ganze Magazin leer, dorthin, wo Chris stand.
Der spürte die Einschläge nicht. Es war, als gingen die Geschosse einfach durch seinen Körper hindurch, ohne auch nur die geringsten Spuren zu hinterlassen.
Das Magazin war leer; achtlos ließ Sheila die rauchende Maschinenpistole fallen und starrte Chris an, als sähe sie ihn zum ersten Mal in ihrem Leben. „Du ... du musst tot ... sein", flüsterte sie dann heiser und schüttelte ungläubig den Kopf. „... tot sein ..."
Gleichmütig zuckte Chris mit den Schultern. „Schießen war

noch nie dein Ding. Doch ein ganzes Magazin auf *die* kurze Distanz und kein einziger Treffer – Yasir würde sich nicht darüber freuen." Er streckte den Arm aus und öffnete die Hand. Das Schwert fauchte auf Sheila zu, trennte die rechte Hand vom Gelenk und kehrte augenblicklich zu Chris zurück.

Stumm senkte Sheila den Kopf und starrte auf die abgetrennte Hand, die zwischen ihren Füßen und der Maschinenpistole zu Boden gefallen war.

„Das war für unser Dorf", verkündete Chris laut. Wieder fauchte das Schwert auf Sheila zu – jetzt war es die linke Hand. Immer noch stand sie mit gesenktem Kopf, und glotzte abwechselnd auf die beiden Armstümpfe, aus denen das Blut jetzt in Strömen schoss und sie in einer immer größer werdenden Lache harren ließ.

Schon war das Schwert wieder in Chris Hand. „Das war für die Leute aus meinem Dorf."

Sheila sank auf die Knie, hob wie träge das Gesicht und schaute Chris aus großen Augen verwundert an. Der aber schickte das Schwert nun abermals zu ihr – und diesmal bohrte es sich tief in ihre Brust, drehte sich rasch ein paarmal um sich selbst und kehrte wieder zu Chris zurück.

„Und das war für Pia, meine Frau."

Aus Sheilas Mund kam nur noch ein leises Stöhnen. Dann verdrehte sie die Augen, fiel mit dem Gesicht nach vorne auf den Steinboden und bewegte sich nicht mehr.

Chris steckte das Schwert in die Scheide, trat zu Sheila und schaute lange auf sie hinab. Es hatte eine Zeit gegeben, in

der er gute Gefühle für sie gehegt hatte – und vielleicht sogar sie für ihn. Wenn sie denn außer Hass je zu anderen Gefühlen fähig gewesen war.
Er wandte sich ab und ging zu den toten Soldaten am Portal. Dort bückte er sich, hob eine der Maschinenpistolen auf, die sie im Todeskampf hatten fallen lassen, und ließ dann seinen Blick über die Erschlagenen schweifen.
Ein Geräusch hinter ihm – und Chris wirbelte mit der Maschinenpistole im Anschlag herum. Dort, wo am anderen Ende des Kirchenschiffs die Liftplattform in die unteren Stockwerke sein musste, stand jetzt ein großer massiger Mann mit kurzen grauen Haaren und in dunkelblauer Uniform, auch er mit einer Maschinenpistole im Anschlag. Neben ihm hatten eine junge Frau und drei junge Männer in gleichen Uniformen ebenfalls ihre Maschinenpistolen auf Chris gerichtet.
Doch der ließ die seine jetzt erleichtert sinken. „Hoger!"
Oberst Hoger, der Uniform nach wohl immer noch Kommandant der Stadtmiliz, nickte wortlos. Auch er nahm den Lauf der Maschinenpistole herunter, näherte sich der toten Sheila und schaute stumm auf sie hinab. Dann gab er seinen Leuten ein Handzeichen, zu bleiben, wo sie waren. „Chris", murmelte er nun und hob den Blick. „Dein Werk?" Erst jetzt fielen ihm die toten Soldaten am Portal auf. „*Die* da etwa auch?"
Chris ging durch das Kirchenschiff wieder nach vorne und blieb neben dem Oberst und der toten Sheila stehen. „Die Hälfte meines Werkes. Yasir wird es vervollständigen."

Jetzt nahm der Oberst die Maschinenpistole abermals in Anschlag und richtete den Lauf auf Chris Brust. „Du bist festgenommen, Chris de Beer."
Über Chris Gesicht zog ein Lächeln. „Denk nach, Hoger: Sheila hat eben erst ihr ganzes Magazin auf mich abgefeuert – und doch stehe ich hier. Siehst du Schusswunden, auch nur eine? Siehst du Blut? Also nimm das verdammte Ding herunter; damit erreichst du nichts."
„Was zum Teufel war hier los?", wollte der Oberst mit gerunzelter Stirn wissen. „Ich hatte dich unten in der Zentrale erst auf dem Schirm, als hier oben schon alles vorbei war."
„Sie wollte mir eine Falle stellen." Mit der Linken wies Chris erst auf die Tote zu seinen Füßen und dann in Richtung Portal. „*Sie* hatte mich sehr wohl auf dem Schirm."
Nachdenklich schüttelte der Oberst den Kopf. „Die Toten am Portal waren ihre Leibgarde, also nicht die schlechtesten. Und du hast sie alle …?"
Mit den Knöcheln der Linken pochte Chris gegen die Schwertscheide. „Das da kennt keinen Unterschied zwischen Zwanzig oder Zweihundert. Stell jetzt keine Fragen, Hoger, warum und woher. Hat Yasir mich je offiziell von meinem Stellvertreterposten enthoben?"
Der Oberst dachte einen Augenblick lang nach und senkte nun abermals den Lauf der Maschinenpistole. „Nicht, dass ich wüsste", meinte er dann. „Du warst für ihn, für Sheila und für die ganze Stadt einfach kein Thema mehr."
Chris hängte die Maschinenpistole über die Schulter und schaute dem Oberst in die Augen. „Ab sofort bin ich dein

neuer Oberbefehlshaber, Hoger – Yasir wird diese Stadt nicht wiedersehen."
„Moment mal! Das geht mir jetzt alles aber zu fix." Der Oberst trat zwei Schritte zurück und musterte Chris dann aus schmalen Augen. „Erst bist du für Jahre verschwunden, und kein Mensch weiß, warum und wohin. Dann tauchst du plötzlich wieder auf wie so ein dunkler Schatten aus der Vergangenheit – und zwar genau dann, wenn Yasir fort ist – erschlägst Sheila und willst dich gleich danach zum Oberbefehlshaber machen …?"
„Im Unterschied zu dir und allen anderen hat Yasir die ganze Zeit über sehr wohl gewusst, wo ich war. Du dienst einem irr gewordenen Monster, Hoger, dass gerade die Städte im Norden in Schutt und Asche legt und alles tötet, was ihm dabei über den Weg läuft. Ich war dort und habe gesehen, was er mit seinen Raketen und mit seinen Zombies vorher schon alles angerichtet hatte."
Der Oberst holte tief Atem und nickte dann bedächtig. „Ich kommandiere die Stadtmiliz. Ich bin nur dem jeweiligen Oberbefehlshaber unterstellt, ganz gleich, wer das gerade ist. Du weißt, die Miliz darf von keinem Oberbefehlshaber für Operationen außerhalb vom Stadtgebiet eingesetzt werden – und wenn ja, dann nur mit meiner ausdrücklichen Zustimmung, oder mit der meines Stellvertreters."
Chris schnaubte. „Und Yasir hat die Miliz ohne deine Zustimmung rekrutiert …"
„Bis auf zwei Kompanien."
„Ob er künftig ganz auf die Miliz verzichten und sie in seine

Truppe integrieren will, Hoger?"
„Soll mich das jetzt von dir und von deinen guten Absichten überzeugen?"
„*Ich* weiß, wer Yasir ist, und ich weiß, was er vor hat."
Abermals zog der Oberst die Stirn in Falten. „Und *du* willst ihn aufhalten? Ihn gar töten – ganz allein? Wie stelle ich mir das vor: David gegen eine Armee der Kategorie Goliath?"
„Das Geheimnis des Nebels in dem Dorf, in dem ich gelebt habe – Yasir ist besessen davon. Er meint, es würde dort Kräfte geben, die er für sich und für seine Pläne nutzen könnte. Und so stellte er mich vor die Wahl: Entweder ich löse das Geheimnis für ihn, oder er würde mein Dorf vernichten."
„Ein Nebel mit besonderen Kräften?" Spöttisch verzog der Oberst die Mundwinkel. „Aha …"
„Ich konnte sein Ultimatum nicht einhalten", fuhr Chris unbeirrt fort. „Also zerstörte Sheila das Dorf und brachte alle seine Bewohner um – auch meine Frau. Erst durch einen dummen Unfall konnte ich ein wenig vom Geheimnis um den Nebel lüften. Das Schwert und die Unverwundbarkeit sind Teile davon."
Der Oberst trat an den Tisch, legte die Maschinenpistole neben sich ab, hockte sich auf die Glasplatte und schaute sein Gegenüber an. „Klingt verdammt verworren, Chris, fast schon wie altertümliche Mythologie. Doch Yasir ist die bittere Realität – und die missfällt mir so nach und nach immer mehr. Leute wie er haben die Welt zu der gemacht, die sie heute ist. Und wenn keiner sie aufhält, wird es uns und un-

sere Welt bald gar nicht mehr geben, auch wenn sie noch so beschissen sein mag." Er blieb noch eine Weile grübelnd sitzen, stand dann auf, trat vor Chris hin und nahm Haltung an. „Ich warte auf Anweisung, Oberbefehlshaber!"

Erleichtert holte Chris Atem. Er hatte Hoger und seine aufrechte Art immer gemocht, und so war er ihm als Verbündeter doch lieber denn als ein weiterer Gegner, den es zu bekämpfen galt. „Ich brauche einen bewaffneten Spähwagen mit Ortungssystem und jemanden, der mit beidem perfekt umgehen kann."

Der Oberst nickte. „Zufällig ist diese jemand gerade hier." Er schaute zu seinen Soldaten an der Liftplattform. „Leutnant Berger!"

„Kommandant!" Die großgewachsene Soldatin hängte ihre Maschinenpistole über die rechte Schulter, kam mit langen Schritten um den Glastisch herum und verharrte dann in Haltung vor Chris und dem Oberst.

„Oberbefehlshaber Chris de Beer, Leutnant Berger", stellte der Oberst vor. „Leutnant, du stehst ab sofort unter dem Kommando des Oberbefehlshabers."

Chris musterte sie neugierig. „Berger ...? Ich kannte einen Ralf Berger, als wir vor langer Zeit noch unter dem Bahnhof hausten. Bist du mit ihm verwandt?"

Sie nickte so heftig, dass ihre zusammengebundenen blonden Haare hin und her flogen. „Er war mein Vater, Oberbefehlshaber! Ich bin Linda."

Über Chris Gesicht zog ein Lächeln, und er streckte ihr die Rechte hin. „Er hatte viel von dir erzählt, Linda – vor allem

von deinen Streichen. Und lass den Oberbefehlshaber; wir beide werden als Team zusammenarbeiten, da mag ich keine Förmlichkeiten. Ich bin Chris." Er spürte ihren kräftigen Händedruck.
„Chris!"
„Wir beide werden nach Norden fahren, du als mein Scout."
„Willst du etwas von den Etagen unter der Altstadt sehen?", schaltete der Oberst sich ein und verzog die Mundwinkel. „Soviel ich weiß, kennst du bisher ja nur eine der Zellen. Es hat sich viel getan, seit du damals verschwunden bist."
Chris nickte ihm zu. „Und deine Leute sollen sich um Sheila und um ihre Soldaten kümmern ..."

Chris, der Oberst und Linda standen in der weitläufigen Kommandozentrale im untersten Geschoss beieinander. Der Oberst hatte Chris nur durch einen Teil der wichtigsten Einrichtungen führen können – zu ausgedehnt und zu vielgestaltig war die gesamte Anlage für einen einzigen Rundgang.
„Yasir tönte, dies alles hier wäre erst der Anfang", meinte Chris nach einer Weile und schaute den Oberst an. „Macht der Aufwand Sinn?"
„Für ihn ja. Er träumt von einer gigantischen unterirdischen Festung. Doch nicht für die Menschen, die oben in der kaputten Stadt und in den Tunneln hausen müssen, sondern als Militärstützpunkt für künftige Eroberungen."

„Wo sind die gefangenen Wissenschaftler?“
Der Oberst deutete zum Ausgang. „Auch auf dieser Etage. Yasir wollte sie alle zusammen in einer Zelle wissen, solange er fort ist.“
„Wir gehen zu ihnen“, bestimmte Chris. „Ich will, dass sie frei sind.“

Der Oberst drückte eine Zahlenkombination an der Wand neben der Tür. Die Tür glitt geräuschlos zur Seite hin auf und verschwand in der Wand.
Die geräumige Unterkunft dahinter glich eher einem Aufenthaltsraum denn einer Zelle, mit einer langen Tischreihe in der Mitte, Stühlen drumherum und Stockbetten an den Wänden. An der Wand gegenüber der Tür gab es zwischen hohen Einbauschränken eine Tür zu Dusche und Toilette und eine schmale Küchenzeile.
Chris trat ein, gefolgt vom Oberst und von Linda. Einige der Männer und Frauen, die bis jetzt versammelt um den Tisch herum gesessen waren, erhoben sich nun und musterten die drei mit teils besorgten, teils misstrauischen Blicken. Sie waren zwölf an der Zahl und fast alle in einem gesetzten Alter. Einer der jüngeren, glatzköpfig und von kräftiger Statur, trat vor, blieb dann vor Chris stehen und verschränkte die Arme vor der Brust. „Bist du der Henker, den Yasir geschickt hat?“, wollte er herausfordernd wissen. „Hat er die Schnauze voll von uns? Haben wir genug von diesen Teufeln für ihn erschaffen?“
Verneinend schüttelte Chris den Kopf. „Ihr könnt gehen,

wohin ihr wollt. Eure Arbeit hier ist getan, ihr seid raus aus dem Spiel."

„Wieder einer eurer miesen Tricks, nehme ich an …?"

„Ich bin Chris de Beer, der neue Oberbefehlshaber. Yasir zerstört im Augenblick eure Städte, und ich denke, es wäre nicht klug von euch, wenn ihr sofort dahin aufbrecht."

„Und wenn er mit Zerstören fertig ist, kommt er zurück und das Ganze fängt wieder von neuem an – oder sehe ich das falsch? Mike Foster, Metaphysiker und der Sprecher unserer Gruppe."

„Du irrst, Mike. Wie ich schon sagte: *Ich* bin der neue Oberbefehlshaber, und ich werde verhindern, dass Yasir zurückkommt und ihr weiter für ihn arbeiten müsst."

„*Du* willst ihn aufhalten? Ihn und seine Truppen? Du allein?" Mike lachte freudlos auf, schüttelte den Kopf und wandte sich dann zu seinen Kolleginnen und Kollegen am Tisch hin um. „Falscher Alarm, Leute. Setzt euch wieder hin – nur ein harmloser Spinner."

„So wehrlos bin ich nicht. Aber ich möchte das jetzt nicht mit euch diskutieren müssen. Was führt Yasir außer den konventionellen Waffen noch mit sich? Die Zombies, die Timer?"

„Der Timer war ein Fehlschlag", schaltete sich eine der Wissenschaftlerinnen am Tisch ein, eine zierliche ältere Frau mit kurzen, grauen Haaren. „Materie mit geringer Dichte konnten wir in der Zeit versetzen – wir haben nur nie gewusst, in welche, und wie wir sie zurückholen hätten können. Bei größeren Sachen, Fahrzeugen zum Beispiel, versagt

er auf ganzer Linie, und die Weiterentwicklung würde sicher noch sehr viel Zeit und Mittel beanspruchen."
Mike hatte sich wieder zu Chris hin umgedreht. „Von den Zombies aber wollte er unbedingt noch welche haben – ganz verrückt war er nach denen. Bevor er aufgebrochen ist, hatte er uns mit den schlimmsten Foltern gedroht, denn wir hatten uns geweigert, das Programm weiter fortzuführen. Glaub mir, das ist das furchtbarste, was ich – was wir – je gemacht und was wir je gesehen haben …"
Chris nickte ihm zu. „Ich weiß. Ich habe in euren Städten gegen sie gekämpft."
Abermals drehte Mike sich zum Tisch hin um. „Hierbleiben wird niemand von uns wollen, wie? Aber nach Hause können wir nicht, solange Yasir dort wütet. Also schlage ich vor, wir setzen unsere Reise nach Süden fort, auch wenn die da längst nicht mehr mit uns rechnen werden." Ein herausfordernder Blick jetzt zu Chris. „Wenn uns die Herrschaften hier als Entschädigung für die Gefangenschaft und für das, was wir gegen unseren ausdrücklichen Willen tun mussten, ein geeignetes Fahrzeug zur Verfügung stellen wollten …?"
„Das ist das mindeste." Chris wandte sich an Linda. „Organisiere du etwas Passendes, vielleicht zusammen mit Mike. Und danach machst du alles für *unsere* Abfahrt morgen klar. Oberst, wir beide werden jetzt deinen Truppen einen Besuch abstatten."
„Augenblick noch!", tönte Mike laut. „Ehe ihr euch wieder davonschleicht, verratet ihr uns, wo Melina geblieben ist. Was habt ihr mit ihr angestellt?"

Der Oberst räusperte sich erst ein wenig verlegen und schaute Mike dann in die Augen. „Melina ist tot. Es geschah auf ausdrücklichen Befehl Yasirs hin und gegen meinen Willen. Und auch von meinen Leuten hatte keiner etwas damit zu tun."

Chris und der Oberst standen wieder in der Kommandozentrale beisammen. Chris hatte sich zuvor in einem großen Saal ein Stockwerk höher den Offizieren und Unteroffizieren der Restmiliz als ihr neuer Oberbefehlshaber vorgestellt und Weisungen erteilt.

„Du willst also das alles hier zerstört sehen?", knüpfte der Oberst jetzt an Chris Rede vor den Offizieren an und machte mit der Rechten eine weit ausladende Bewegung.

„Wie ich sagte: Ich will es unbrauchbar wissen für das, was Yasir vor hat. Die Kriegslogistik – außer der Verteidigung – wird zerstört, die Zivillogistik dafür umso weiter ausgebaut. Kümmere dich darum. Außerdem wirst du die Stadtmiliz neu aufstellen müssen. Denn deine Truppen, die Yasir mitgenommen hat, wirst du nicht wieder sehen."

15.

„… du siehst, wofür Schwert und Unverwundbarkeit taugen …“
Die Stimme … Chris schreckte auf und schaute sich blinzelnd um. Er hockte im Bett seines Gästezimmers, von denen im dritten Untergeschoss auf einem langen Flur mehrere untergebracht waren.
Er hatte lange und wohl tief geschlafen – und Gregs Stimme sicher nur im Traum vernommen.
Doch auf einmal fühlte er eine tiefe Sehnsucht nach der Burg über dem Dorf in den Bergen, Sehnsucht nach einer längst vergangenen Zeit mit üppigen grünen Wäldern und einer klaren, frischen Luft …

Der Oberst und Linda hatten in der Kantine an einem der Tische wohl schon auf ihn gewartet, vor ihnen stand gebrauchtes Geschirr und lag Besteck herum. Er ging zu ihnen, rückte einen der Stühle zurecht und setzte sich dem Oberst gegenüber. „Habt ihr für mich auch noch Frühstück?“
Der Oberst lächelte. „Ich lasse dir was bringen. Gut geschlafen?“
Chris erwiderte sein Lächeln und nickte. Dann wandte er sich an Linda neben ihm. „Alles fertig für den Aufbruch?“
„Kann losgehen, Chris. Wir haben Proviant für zwei Wochen, genug Treibstoff und genug Munition für das Geschütz. Die Wissenschaftler sind schon in aller Frühe aufgebrochen – sie wollten nur noch schnell und weit weg von

hier.“
„Wie willst du vorgehen?“, wollte der Oberst von Chris wissen.
„Zunächst werden wir nach Steve und seinen Leuten suchen. Ich will sie in Sicherheit wissen, wenn es gegen Yasir geht.“

Chris und Linda waren mit dem Lift in einen der alten, spärlich beleuchteten S-Bahntunnel hinaufgefahren. Die Tunnel, die nicht zu Wohn- und Fertigungsanlagen umgebaut worden waren, dienten den restlichen Militärfahrzeuge als Parkfläche.
„Da lang.“ Linda wandte sich nach rechts und ging, mit Chris im Gefolge, über knirschenden Schotter bis zu einem tiefgelegten, weiß lackiertem Panzerwagen mit offener Heckklappe.
Chris blieb neben dem Fahrzeug stehen und betrachtete die gewaltigen Reifen. „Geländetauglich ist der allemal.“
Sie kletterten durch die Heckklappe ins Innere und gingen dann fast gebückt durch den niedrigen Mannschaftsraum nach vorne bis zur Fahrerkabine. Dort nahmen sie auf den beiden Sitzen hinter schmalen Panzerglasscheiben Platz, Chris auf dem Beifahrersitz.
Er schaute Linda von der Seite an. „Wir werden eigene Leute töten müssen“, meinte er leise. „Hast du ein Problem damit?“
Sie erwiderte seinen Blick und schüttelte den Kopf. „Nicht, wenn ich weiß, dass wir gegen einen Tyrannen und Mör-

der kämpfen, dem sie bedingungslos folgen."

Auf ein Handzeichen von Chris hin hielt Linda den Panzerwagen am Rand der alten Autobahnpiste an.
„Was du da am Horizont siehst, sind die Rauchsäulen der brennenden alten Städte und die von Steves unterirdischer Stadt", erklärte er. „Wir werden in einem weiten Bogen um sie herum nach Osten fahren. Vielleicht bekommen wir von Steve Unterstützung."
Sie verließen die Piste und fuhren querfeldein über eine staubige und steinige Ebene gen Osten, zur Linken stets die Rauchsäulen der brennenden Städte im Blickfeld.
Doch von Yasirs Truppen war bisher nichts zu sehen gewesen.
Später dann wurde die Landschaft hügeliger, bis sie an einem breiten und tiefen Taleinschnitt anhalten mussten, der sich von Süden her weiter nach Norden hin zog.
„Das muss eines der alten Flusstäler sein", vermutete Chris. „Vielleicht sind da unten an den Uferwänden ja die Höhlen, in denen Steve und seine Leute Unterschlupf gefunden haben. Jetzt brauchen wir nur noch einen Weg hinunter."

Geschickt steuerte Linda das schwere Fahrzeug einen steilen, fast halsbrecherischen Pfad bis auf den Talgrund und hielt im trockenen Flussbett an. „Auf- oder abwärts?"
Chris schaute durch die Fenster erst in beide Richtungen und wies dann mit einer Kopfbewegung nach links. „Abwärts. Dort scheinen die Uferwände höher und steiler."

Linda fuhr wieder los. Das Fahrzeug holperte über große Steine, sackte in Vertiefungen, und die beiden wurden ordentlich durchgeschüttelt.
„Zeit für den Wärmesensor", meinte sie dann und schaltete das Gerät am Armaturenbrett ein, ohne den Blick vom Flussbett zu wenden. Nach einiger Zeit tauchten eine Menge roter Punkte in Bewegung auf dem dunkelgrauen Monitor auf, und eine Zeile am Monitorrand gab Koordinaten wieder.
Jetzt erst warf Linda einen raschen Blick darauf. „Eine größere Anzahl von Menschen – oder auch von Tieren – zwei Kilometer links vor uns, ein Stück weit vom Talgrund entfernt und auf gleicher Höhe mit dem Talgrund dort."
„Vom Talgrund entfernt auf gleicher Höhe …", murmelte Chris nachdenklich. „Also vielleicht doch Höhlen."
Kurz darauf wies Linda mit einer Kopfbewegung nach vorne. „Sieh nur: Reifenspuren. Der Breite und dem Profil nach müssen es gepanzerte Fahrzeuge gewesen sein, ähnlich dem unseren."
„Scheiße!", entfuhr es Chris laut. „Die waren vor uns hier!"
Mit den Fingern der Rechten fuhr Linda rasch über ein paar Vertiefungen seitlich am Monitor. Die roten Punkte verschwanden und der Monitor war wieder dunkelgrau. „Wenn wir innerhalb eines Radius von zwanzig Kilometern mit Yasirs Fahrzeugen rechnen müssten, hätten wir sie jetzt auf dem Schirm", erklärte sie. „Jedes Fahrzeug hat natürlich seine eigene Kennung. Das Kommandofahrzeug Y1."
„Originell" brummte Chris und ließ den Blick durch die

linke Scheibe entlang dem Ufer schweifen: Roter Sandstein, fast senkrecht jetzt und haushoch.
„Weit sollte es nicht mehr sein", vermutete Linda. „Wir sind fast an der Stelle, wo die roten Punkte waren."
„Da!" Chris deutete auf eine Abrisskante ein Stück weit vor ihnen. „Da könnte etwas sein. Geh nochmal auf den Monitor."
Abermals glitten Lindas Finger über die Vertiefungen, und gleich darauf wimmelte es nur noch so von roten Punkten.
„Hundert Meter vor uns und zwischen hundert und fünfhundert Meter im Gestein."
„Den Rest gehen wir."
Linda hielt an, schaltete den Motor ab, ging nach hinten in den Mannschaftsraum und zog eine seitlich in den Fahrzeugboden versenkte Metallklappe auf.
Chris trat zu ihr und schaute auf ein gut sortiertes Waffenarsenal im Hohlraum unter der Klappe.
Linda warf ihm einen Blick zu. „Was soll's sein?"
Spontan langte Chris mit der Rechten erst an die Scheide mit dem Schwert, griff dann aber nach einer der Maschinenpistolen und hängte sie am Riemen über die Schulter. Er nahm noch drei der gestapelten Reservemagazine heraus und hielt sie Linda hin. „Die wirst du nehmen", meinte er zu ihr, die sich nun ebenfalls eine Maschinenpistole griff und Chris danach eine der gelagerten Stablampen reichte.

Inmitten des Flussbetts gingen sie nebeneinander bis zu der Stelle, die ihnen der Monitor gezeigt hatte, immer wieder

mit den Maschinenpistolen nach allen Seiten und nach oben zu den Flussrändern hin sichernd.
Fast zugleich entdeckten sie den dunklen, beinahe ovalen Höhlenzugang in der senkrechten Sandsteinwand.
Sie verließen das Flussbett und blieben dann vor der Wand mit dem Zugang in wohl zwei Metern Höhe stehen.
„Ich hieve dich hoch, und dann hilfst du mir von oben“, schlug Chris vor und hängte die Maschinenpistole über die Schulter.

Erst kauerten sie mit den Maschinenpistolen im Anschlag im Höhlenzugang. Dann leuchtete Chris mit der Stablampe ein Stück weit hinein, doch alles, was sie erkennen konnten, waren die Silhouetten einer wohl doppelt mannshohen Sandsteinhöhle in einiger Entfernung vor ihnen.
„Du sicherst den Rückweg“, bestimmte Chris.
Tiefer und tiefer drangen sie in die Höhle vor, blieben jedoch immer wieder stehen, um mit angehaltenem Atem zu lauschen.
Doch da war nur Stille.
„Dem Monitorbild nach müssten wir bald auf jemanden stoßen“, murmelte Chris.
Linda nickte. „Kommt aber darauf an, wie groß die Höhle ist. Vielleicht hätten wir das Terrain unter verschiedenen Maßstäben checken sollen.“
Sie gingen weiter, bis die Höhle sich teilte und in zwei verschiedenen Richtungen tiefer in den Berg führte.
„Und nun …?“ Linda blieb stehen und leuchtete erst in die

eine, dann in die andere Richtung.
Chris aber ging ein Stück weit in die Gabelung zur Linken, verharrte, und holte ein paarmal tief Atem.
Er kehrte zu Linda zurück, hängte die Maschinenpistole über die Schulter und zog das Schwert. „Den Geruch von da vorne kenne ich: Tod. Wir gehen hier weiter. Sichere du wieder nach hinten. Sollten wir angegriffen werden, werde ich nur mein Schwert benutzen. Also wundere dich nicht und bleib auf deinem Posten."
„Die roten Punkte auf dem Monitor waren Lebewesen", erklärte Linda. „Tote würde er nicht anzeigen. Was zum Teufel war hier los?"
Nach einer Weile blieb Chris abermals stehen und lauschte. „Hörst du das? Irgendwo vor uns weint jemand – hört sich an wie ein Kind."
Beim Weitergehen knallte Linda mit dem rechten Stiefel gegen einen Stein, und das Weinen hörte schlagartig auf.
„Wir tun dir nichts!", sagte Chris laut und schaute sich im Schein der Stablampe immer wieder nach allen Seiten hin um. „Wir sind Freunde, und wir werden dir helfen."
Keine Antwort.
Zur Linken entdeckte er schließlich eine schmale Nische im Gestein, und er blieb stehen. Hatte sich dort im Halbdunkel gerade etwas bewegt? Er leuchtete hinein – und schaute auf ein zusammengekauert auf dem Boden hockendes Mädchen mit langen dunklen Haaren und in grauen Lumpen, das ihn aus großen Augen angstvoll anstarrte.
Linda trat neben ihn und leuchtete ebenfalls in die Nische.

„Wir kommen jetzt zu dir, hab keine Angst“, versuchte Chris zu beruhigen, steckte das Schwert in die Scheide und ging langsam und gebückt zu dem Mädchen hin, gefolgt von Linda. „Ich bin Chris, und die nette Frau neben mir ist Linda.“

Dann ließ er sich bedächtig auf dem Boden vor dem Mädchen nieder, während Linda wieder sicherte.

Das Mädchen ließ das Gesicht jetzt auf die Brust sinken und fing wieder an zu weinen.

„Wer bist du?“, fragte Chris leise. „Und woher kommst du?“

Stumm zeigte das Mädchen mit dem Finger in die Richtung, in die Chris und Linda hatten gehen wollen.

„Und wie heißt du?“

„Mara.“

„Wer oder was ist da, wo du herkommst, Mara? Ist da deine Familie, sind da deine Freunde?“

„Alle tot …“, murmelte sie schluchzend. „Die bösen weißen Geister haben alle tot gemacht, und dabei haben sie furchtbar geschrien. Aber ich hab mich vorher versteckt. Und als die bösen Geister wieder fort waren, bin ich davongelaufen.“

„Yasirs verfluchte Monster“, murmelte Linda wütend.

„Kennst du Steve, euren Chef?“, fragte Chris weiter. „Wir müssen zu ihm, weil wir ihm helfen wollen. Kannst du uns zu ihm bringen?“

Mara hob das Gesicht und schaute Chris aus tränennassen Augen an. „Onkel Steve ist auch tot. Er hat aber gegen die

Geister gekämpft. Ich habe ihn gesehen, als die Geister wieder fort waren. Er war ganz voller Blut und er hat sich nicht mehr bewegt."
„Warte noch." Chris erhob sich, nahm Linda am Arm und führte sie ein paar Schritte zur Seite. „Wir haben zwei Möglichkeiten", meinte er leise zu ihr. „Wir gehen mit Mara zum Panzer zurück, oder wir gehen mit ihr weiter in die Höhlen hinein. Alleine hier zurück lassen können wir sie nicht."
„Soll *sie* entscheiden …?"
Chris nickte zustimmend, trat zu Mara und hockte sich wieder neben sie auf den Boden. „Wir haben draußen im Flussbett ein großes Fahrzeug mit Wasser und Lebensmitteln. Da könnten wir jetzt hingehen, weil dir da niemand etwas antun kann und du zu essen und zu trinken bekommst. Wir drei könnten aber auch zusammen weiter in die Höhle gehen, nach deinen Leuten schauen und ihnen helfen – wenn du das kannst und wenn du das willst. Denk ein bisschen nach, Mara, und dann sage mir, was wir tun sollen."
Erst schluckte sie ein paarmal, dann schaute sie Chris abermals aus großen Augen an. „Und wenn die bösen Geister wieder kommen …?"
Er legte die Rechte auf die Schwertscheide. „Sieh her: Das hier ist ein Zauberschwert; es wird uns vor den Geistern beschützen und sie vertreiben. Sie können dir nichts tun; ich verspreche es."
„Dann will ich zu Onkel Steve und den anderen!"
Chris nickte ihr zu. „Egal, was geschieht, Mara: du bleibst immer ganz nah bei mir." Und Linda würde abermals den

Rückweg sichern.

Tiefer und tiefer drangen sie im Schein von Chris Stablampe in die Höhle vor. Nur von irgendwo tropfendes Wasser durchbrach hin und wieder die Stille. Mara ging dicht an Chris Seite und sprach kein Wort.
Erneut stieg Chris der Todesgeruch in die Nase. Was hatte das kleine Mädchen da neben ihm wohl alles mit ansehen müssen?
Vor ihnen jetzt ein fernes Geräusch. Chris zog das Schwert und verharrte, und mit ihm Linda und Mara. Im tanzenden Schein der Stablampe sahen sie sie dann, die weißen Kreaturen, wie sie kreuz und quer über den Höhlenboden huschten und jäh wie erstarrt auf der Stelle blieben, als der Schein der Stablampe sie erfasst hatte. Doch nicht für lange – denn schon kam wieder Bewegung in die Horde und sie fing an, wild kreischend vorwärtszustürmen, Chris, Linda und Mara entgegen.
Mara fing an zu zittern und heftig zu weinen.
„Mach die Augen zu, leg die Hände fest auf deine Ohren – und hab keine Angst." Chris nahm die Stablampe zwischen die Zähne und fuhr Mara mit der Linken übers Haar. Dann streckte er den Arm mit dem Schwert aus und öffnete die Hand. Wirbelnd fauchte die Waffe der kreischenden Horde entgegen, und Chris nahm die Stablampe wieder in die Hand.
Linda wollte kehrt machen, sich zusammen mit Chris der Horde entgegenstellen – doch der hielt sie mit einer Hand-

bewegung zurück. „Nicht nötig, Leutnant. Bleib auf deinem Posten."
Gellende Todesschreie, die wie ein einziger durch das Weit der Höhle hallten ... dann Stille, nur noch unheimliche Stille.
Das Schwert kehrte in Chris Hand zurück, und er steckte es in die Scheide.
Zögernd nahm Mara die Hände von den Ohren und machte blinzelnd die Augen auf. „Sind ... sind sie weg ...?"
Chris legte ihr die Hand auf die Schulter. „Sie sind weg – alle. Ich habe dir versprochen, das Zauberschwert wird uns beschützen. Niemand kann dir etwas tun."
Über die Schulter hinweg wagte Linda einen kurzen Blick zu Chris. „Ich konnte nicht sehen, was da vorne los war. Doch das, was ich gehört habe, reicht mir. Ich würde es nur ganz gerne begreifen können."
„Es hilft uns – lassen wir's dabei."
Chris nahm Mara an die Hand, und im Schein der Stablampe gingen sie weiter, Linda wieder den Rückweg sichernd.
Die rötlichen Höhlenwände wichen immer weiter zurück, die Decke verschwand nach oben in die Dunkelheit und der Boden war jetzt bedeckt mit Yasirs zerfetzten Kreaturen, unter denen das Schwert gewütet hatte. Im Weit der Höhle konnten die drei aber in einem großen Bogen um sie herum gehen.
„Gleich kommen wir in unser Lager." Aufgeregt deutete Mara mit dem Zeigefinger nach vorne. „Da haben die bösen

Geister alle von uns tot geschlagen."
Chris drückte ihre Hand. „Vielleicht konnten sich ja welche verstecken und sind noch am Leben, so wie du ..."
Eine Weile später standen sie unter einem hohen und weit ausladenden Gewölbe. Mehrere kleine Höhlenarme zweigten unförmig nach verschiedenen Richtungen hin in die Dunkelheit ab.
In senkrechte Sandsteinwände der großen Höhle hatte man ringsum einst zahlreiche kleine Wohn- und Schlafnischen gehauen, oft mehrere übereinander und mittels Metallleitern zugänglich gemacht. Über vieler der Nischen gab es kleine Leuchtkörper. Die tauchten die Höhle in ein gespenstisches Halbdunkel, dass die verstümmelten Toten, die überall lagen, aber nur zum Teil verbergen konnte.
„Wir sind Freunde!", durchbrachen Chris Worte die Stille.
Keine Antwort.
Er beugte sich zu Mara. „Wo hast du deinen Onkel Steve zuletzt gesehen?"
Stumm zog sie an Chris Hand und führte ihn und Linda zwischen den Toten hindurch zum Zugang eines der Höhlenarme.
Dort lag Steve ausgestreckt auf dem Rücken, in zerfetzter Arbeitshose und einst weißem, jetzt vom Blut getränkten Shirt.
Chris und Mara traten zu ihm. Seine Augen waren geschlossen; eine breite, klaffende Wunde zog sich quer über den Schädel, und von den Armen hing die Haut in Fetzen.
Chris ging neben ihm in die Hocke und tastete mit den Fin-

gern nach seinem Puls – schwach zwar, aber noch fühlbar.
„Steve? Hörst du mich? Ich bin Chris; ich habe Mara gefunden. Sie ist hier neben mir."
Steves Augenlider zuckten, dann konnte er sie einen Spalt weit öffnen. „Chris … Mara."
„Weißt du, ob von deinen Leuten noch welche leben – und wo sie sind?"
„Keine … keine", flüsterte Steve kaum hörbar. „Wir hier waren die … die letzten … alle tot."
„Wir werden dich von hier wegbringen. Draußen im Flussbett steht unser Panzer, dort können wir dich verarzten."
Steves Augenlider schlossen sich wieder. Seine Lippen zuckten und wollten Worte formen. „Nicht fort … sterbe. Nimm … nimm Mara …"
„Steve?" Abermals tastete Chris nach Steves Puls – nichts. Er war tot.
Eine ganze Weile schaute Chris auf den Toten, erhob sich dann und wandte sich an Linda. „Sehen wir zu, dass wir hinaus kommen. Und dann werden wir uns auf die Suche nach Yasir machen."

16.

Mit Wasserflaschen in Händen standen Chris und Linda vor der offenen Heckklappe des Panzerwagens. Mara hockte drinnen auf dem Fahrzeugboden und aß und trank so hastig, als ob sie seit Tagen nichts mehr bekommen hätte.

„Yasirs Truppen zu finden wird kein Problem sein", meinte Linda. „Aber bis auf unseren Panzer hier und noch wenige andere hat er sein ganzes Kriegsgerät mitgenommen. Ein Angriff wäre also glatter Selbstmord – oder siehst *du* das anders?"
Chris legte die Stirn in Falten. Dann stellte er die Wasserflasche zu Boden, zog das Schwert aus der Scheide und betrachtete es nachdenklich. „Bleib du hier und gib auf Mara und den Panzer acht. Bin gleich wieder da."
Er ging den kurzen Weg zurück bis auf Höhe des Höhlenzugangs und blieb dann auf der entgegengesetzten Seite des Flussbetts stehen. Bedächtig richtete er nun die Schwertspitze auf eine Stelle neben dem dunklen Zugang und ließ den Gedanken frei. Ein blau-violetter Energiestrahl traf auf das Gestein – und im nächsten Augenblick verschwand die gesamte Sandsteinwand in einer gewaltigen Wolke aus Gesteinsbrocken und rotem Staub.
Chris ließ das Schwert fallen, drehte sich um und hielt die Arme schützend über den Kopf, um nicht von einem der herumfliegenden Brocken getroffen zu werden.
Über und über mit Sand und Steinchen bedeckt, nahm er nach einer Weile die Arme wieder herunter und schaute nach gegenüber. Dort, wo der Zugang gewesen sein musste, klaffte jetzt ein tiefer und breiter Einschnitt; vom Zugang selbst war nichts mehr zu sehen.
Chris wischte den Staub aus dem Gesicht. Was, wenn er dem Gedanken noch mehr Kraft gegeben hätte …?
„… erstaunt, was es alles kann …?"

Er schaute sich um, doch da war niemand. Rasch bückte er sich, hob das Schwert auf, steckte es in die Scheide und ging zum Panzerwagen zurück. Selbst auf diesem lagen, verstreut auf dem Dach, noch ein paar kleinere Brocken.
„Was war *das* denn?“, empfing Linda ihn, ein wenig aus der Fassung gebracht. „Ich dachte schon, wir hätten ein Erdbeben!“
„Nur ein kleiner Test unserer Waffe gegen Yasir und die seinen.“

Gekonnt hatte Linda den Panzerwagen über den steilen Pfad wieder nach oben an das einstige Flussufer gelenkt. Jetzt standen sie in der weiten Ebene, zur Rechten am Horizont die träge in den blauen Himmel steigenden Rauchsäulen der brennenden Städte.
Noch vor Aufbruch hatte Linda für Mara aus Militärdecken ein Schlaflager hinter den beiden Sitzen bereitet. Das erschöpfte Mädchen war sofort in einen tiefen Schlaf gefallen – nichts und niemand würde sie jetzt noch wecken können.
„Dann wollen wir mal.“ Flink glitten Lindas Finger über die Vertiefungen am Monitor, und schon tauchten mehrere Reihen exakt ausgerichteter blauer Vierecke auf. „Fünf Kilometer Nord-West“, erklärte sie. „Da in der Nähe muss auch der Zugang zu einem Stollen sein.“
Chris nickte. „Ich denke, ich weiß, wo das ist. Lokalisiere bitte Y1.“
Abermals tippte Linda am Monitor herum. Erst war alles unverändert, dann wurden die Reihen aus blauen Vier-

ecken kleiner und kleiner – und zuletzt bewegte sich am unteren Bildrand ein einzelnes Viereck kontinuierlich von den anderen fort.
„Scheiße!“, entfuhr es Linda. „Der macht sich aus dem Staub.“
„Erst kümmern wir uns um seine Panzer, damit die kein Unheil mehr anrichten. Danach kommt *er* dran.“
Linda schaute ihn von der Seite an und zog die Stirn in Falten. „Und du bist dir sicher, dass *wir* uns um die Panzer kümmern werden – und nicht umgekehrt …?“

Außer Sichtweite von Yasirs Panzern fuhren sie in einem weiten Bogen auf die alten Städte zu. Chris Plan war es, im Schutz der Sandsteinhügel bis in die Nähe der Panzer zurückzufahren, um so möglichst nahe an sie heranzukommen. Das letzte Stück würde er zu Fuß zurücklegen, um Linda und Mara nicht zu gefährden.
Wenn Yasirs Panzer dann noch an Ort und Stelle sein würden …
„Ich denke, wir sind außer Sicht“, meinte Linda später, steuerte das Fahrzeug nach links auf die Sandsteinhügel zu und zeigte mit dem Finger nach vorne. „Sieh nur die Rauchsäulen, sie werden immer größer! Alles, was da an der Oberfläche und im Innern brennt, ist für immer verloren. Die alten Städte und Steves unterirdische Stadt gibt es nicht mehr.“
„Ich hätte ihm gerne geholfen, sie wieder aufzubauen ...“
Eine haushohe Sandsteinwand versperrte nun den weiteren

Weg geradeaus. Linda steuerte abermals nach links und fuhr im Schutz der Wand langsam zurück in die Richtung, aus der sie gekommen waren.
Nach einer Weile schaute sie wieder auf den Monitor. „In der zweiten Felsnische, die du da auf dem Schirm siehst, werde ich anhalten. Sie haben sich immer noch nicht bewegt."
„Wie lange brauche ich von der Nische bis zu ihnen?"
Sie zuckte mit den Schultern. „Halbe Stunde …?"

Das Fahrzeug stand mit ausgeschalteten Motor in der Felsnische.
„Wenn du Yasirs Panzer in einer Stunde immer noch auf dem Schirm hast, drehst du um und siehst zu, dass du von hier fortkommst", bestimmte Chris. „Dann ist mein Angriff gescheitert, und du fährst nach Hause."
„Auf gar keinen Fall werde ich dich zurücklassen!", protestierte Linda. „*Dich* werde ich nämlich auch auf dem Schirm haben."
Chris überlegte erst, nickte dann aber zustimmend. „Bleib auf Abstand."
Linda drückte einen Sensor am Armaturenbrett und die Heckklappe ging auf. Chris stand auf, warf im Vorbeigehen einen Blick auf die schlafenden Mara und stieg aus. Leise surrend fuhr die Heckklappe wieder nach oben.
Er zog das Schwert und marschierte im Schutz der Sandsteinwand los. Mit einem Schwert in der Hand gegen eine Armada von Panzern – warum machte er nicht auf der

Stelle kehrt und ging zurück zu Linda und Mara?
„… es wird nicht leicht sein. Gebrauche deine ganze Kraft …“
Spontan schaute er sich um, und doch ahnte er, da war niemand – es war wieder nur Gregs Stimme gewesen. In seinem Kopf? Oder doch von irgendwo her …?
Wenn er aus der Deckung heraus angreifen musste, konnte er sie unmöglich alle erwischen – immer würde die Deckung zwischen ihm und einem Teil der Panzer sein. Also musste er wohl oder übel nach oben in den Felshang und sich dort eine passende Stelle suchen, von wo aus er sie alle im Blickfeld haben konnte.
Er blieb stehen, steckte das Schwert in die Scheide und schaute an der Wand vor sich hinauf. Der Sandstein war rau und rissig, von zahllosen Spalten und kleinen Vertiefungen durchzogen – ideal zum Klettern. Zudem wich die Wand ein Stück weiter oben einer wohl flacheren Steigung, die sicher ohne große Mühe zu schaffen sein musste.

Er ließ sich neben einem der gewaltigen Sandsteinquader nieder und schaute zu den Panzern hinunter. Worauf warteten die denn noch? Auf Befehl zum Abmarsch? Yasir war doch längst fort …
Von hier oben hatte er sie jetzt alle im Blickfeld. Wie viele von denen, die er von früher her kannte, mochten in diesen Stahlmonstern da unten hocken und sich die Seele aus dem Leib schwitzen? Sie hatten zusammen mit Yasir die Städte vernichtet und zusammen mit den Kreaturen all ihre Bewohner getötet. Und wie viel Leid und Tod würden sie un-

ter Yasirs Befehl wohl noch über zahllose andere bringen? Zum Teufel mit ihnen!
Plötzlich war aus einer der Panzerreihen leises Motorbrummen zu hören – jetzt war es an der Zeit …
Er stand auf und zog das Schwert. „Wenn du mich hören kannst, Greg: für ein Quantum *deiner* Kraft wäre jetzt der absolut passende Moment.“
Bedächtig richtete er die Schwertspitze dorthin, wo die Panzer standen. Sein Atem ging ruhig und gleichmäßig, doch ein pochender Schmerz machte sich auf einmal im Schädel breit. Er schloss die Augenlider und rief das Bild auf: wie ein blau-violetter Energiestrahl aus der Schwertspitze hervorschoss, einem Fächer gleich immer breiter und breiter wurde und dann alle Panzerreihen zugleich erfasste …
Jäh war das Pochen im Schädel wieder vorbei. Er machte die Augen auf und schaute zur Spitze des Schwertes, die die alles vernichtende Energie zu Yasirs Panzern hinunter schickte, unter denen nun die Hölle losbrach.
Einer dröhnenden Gewehrsalve gleich platzten die Panzer einer nach dem anderen wie überreife Früchte auseinander. Metall kreischte, und lodernde Feuersäulen schossen zusammen mit großen und kleinen rot glühenden Metallfetzen in den blauen Himmel. Immer schneller kamen die Detonationen jetzt und rissen zudem gewaltige Krater, in denen zahllose Teile zerfetzter Panzer eins nach dem anderen verschwanden.
Chris senkte das Schwert und der Energiestrahl erlosch augenblicklich. Wie gebannt starrte er auf die totale Vernich-

tung dort unten. Keiner konnte das überstehen – Yasirs Panzer und ihre Besatzungen gab es nicht mehr.
Fast schlagartig hörten die Detonationen auf, und die Feuersäulen fielen nach und nach in sich zusammen. Dichte, schwarze Rauchschwaden waberten stattdessen jetzt über die mit Kratern und Trümmern übersäte Landschaft.
Chris wandte den Blick und schaute lange auf das unscheinbare Schwert in seiner Rechten. Sinnlos, sich zu fragen …
„Er wird neue Truppen aufstellen, andere Städte überfallen und wieder tausendfaches Leid über die Menschen bringen. Das ist seine Bestimmung."
„Nein – wird er nicht!" Chris steckte das Schwert in die Scheide und machte sich auf den Rückweg.

„Das war wie ein Vulkanausbruch – selbst von hier noch." Linda reichte Chris eine der Wasserflaschen und schüttelte, immer noch fassungslos, den Kopf. Chris nahm die Flasche und trank sie zur Hälfte aus.
Zusammen mit Mara standen sie an der offenen Heckklappe im Freien, und Mara schaute jetzt aus großen Augen zu ihm auf. „Sind die bösen Männer alle weg …?"
Chris stellte die Flasche ab und nickte ihr zu. „Sie sind weg, Mara – alle und für immer. Das Zauberschwert hat sie vertrieben."
„Brechen wir auf", schlug Linda vor. „Sein Vorsprung wird größer."

In flirrender Nachmittagshitze tauchten am Horizont die ersten Gipfel der Nordalpen auf.
Linda tippte mit dem Zeigefinger auf den Monitor herum. „Die gelben Punkte da im Halbkreis: Das sind Fahrzeuge unserer Stadtmiliz. Der Oberst hat die Zufahrten zur Stadt von Norden her abgeriegelt. Doch Y1 haben wir verloren."
Die Punkte auf dem Monitor verschwanden. Dafür sahen sie jetzt durch die Panzerglasscheiben nach und nach die Fahrzeuge der Stadtmiliz auftauchen.
„Der in der Mitte, das ist der Oberst", erklärte Linda und hielt dann ein Stück weit vor dem Panzer des Kommandanten an. Sie ließ die Heckklappe herunter, und sie gingen zusammen nach hinten.
„Darf ich auch mit?", fragte Mara von ihrem Schlaflager aus. „Es ist langweilig und ich will endlich hier raus!"
Doch Chris schüttelte den Kopf. „Die Frauen und die Männer da draußen sind Freunde von uns, aber bleib lieber noch hier."
Mit vor der Brust verschränkten Armen erwartete der Oberst sie vor seinem Fahrzeug.
„Y1 wollte erst mit Vollgas in die Stadt durchbrechen", empfing er die beiden. „Ein paar von meinen Panzern und die Fußtruppen versperrten ihm den Weg. Dann ist er ausgestiegen und hat alle und alles mit seiner Telekinese weggefegt – auch die Panzer. Vorher aber konnte ihm einer der Männer noch eine Kugel verpassen, am Arm oder an der Schulter." Er schaute Chris aus großen Augen an. „Danach stieg er wieder in seine Kiste und machte sich aus dem

Staub. Dir lässt er Grüße ausrichten, Chris, und du wüsstest, wohin er fahren würde." Er schnaubte hörbar. „Ich will mir gar nicht ausmalen, was passiert wäre, wenn er es auf einen richtigen Kampf hätte ankommen lassen ..."

„Er hätte zudem ja auch mit seinen Panzern zurückkommen können ...", gab Chris zu bedenken.

Doch da zuckte der Oberst gleichmütig mit den Schultern. „Die wären nicht das Problem gewesen. Wir hätten sie auf unseren Monitoren gehabt, uns in die Stadt zurückgezogen und dort verschanzt. Und nun?"

„Du kannst beruhigt sein: Yasirs Panzertruppen gibt es nicht mehr. Aufsitzen – wir fahren in die Stadt. Es wird Veränderungen geben ..."

Still und staunend hatte Mara erst mitten im hohen Kirchenschiff gestanden und alles aus großen Augen betrachtet.

Jetzt aber tobte sie ausgelassen zwischen den Säulen umher und genoss die Freiheit nach der langen Fahrt im engen, stickigen Panzerwagen.

Chris, Linda und der Oberst saßen am Glastisch, jeder eine Karaffe mit Wasser und einen Becher vor sich.

Chris nickte erst dem Oberst, dann Linda zu. „Hoger, du bist ab sofort neuer Oberbefehlshaber der Stadt, und Linda übernimmt deinen Posten als Kommandantin der Miliz."

Linda machte große Augen. „Und du ...?"

„Es wird erst dann vorbei sein, wenn Yasir nicht mehr ist. Solange er lebt, wird er immer wieder neue Truppen aufstellen und Tod und Vernichtung bringen.“ Und schaute den Oberst an. „Er hatte recht damit, dass ich wüsste, wohin er gehen würde. Ich werde ihm folgen – aber von dort gibt es keinen Weg zurück.“

Mara hatte für den Augenblick wohl genug getobt und kam jetzt zu ihnen an den Tisch. Linda reichte ihr einen vollen Becher; Mara nahm ihn mit beiden Händen und trank hastig und auf einen Zug aus. Dann stellte sie den Becher auf den Tisch und schlenderte still wieder bis zur Mitte des Kirchenschiffs.

„Von wo gibt es keinen Weg zurück?“, wollte Linda nun wissen.

Chris zuckte mit den Schultern. „Es ist dasselbe wie mit dem Schwert: Ich weiß davon und ich gebrauche es – aber das ist auch schon alles, was ich weiß.“

„Und es gibt keinen anderen Weg?“

„Keinen.“

„Wann wirst du aufbrechen?“, fragte der Oberst leise.

„Morgen früh – sonst wird sein Vorsprung immer noch größer. Linda wird mich fahren.“

Die drei standen zusammen in einem der alten S-Bahntunnel neben dem Panzerwagen.

Chris hatte sich eine robuste Leinenjacke und eine ebensolche Hose besorgt, beides mit vielen aufgenähten Taschen versehen, in denen allerlei nützliches Platz gefunden hatte. Das Schwert steckte in einer langen, speziellen Tasche am linken Hosenbein und war auf den ersten Blick nicht zu se-

hen.
„Vielleicht gibt ja doch ein Zurück für dich von da, wo du hingehst – wer weiß das schon…?“, meinte der Oberst nach einer Weile. „Niemand wäre ein besserer Befehlshaber für die Stadt als du.“
Chris legte ihm die Rechte auf die Schulter. „Wenn ich die Stadt bei dir nicht in besten Händen wüsste, hätte ich dich nicht zu meinem Nachfolger gemacht.“ Er wandte sich an Linda. „Es ist spät – lass uns fahren.“

17.

Sie waren von Norden her erst durch die Nachbargemeinde und dann weiter in Richtung der Berge gefahren.
Der hagere Harry und seine beiden Kumpane, für gewöhnlich an der umgestürzten Mariensäule im Zentrum herumlungernd, waren nirgendwo zu sehen gewesen.
Linda hielt auf dem ehemaligen Dorfplatz an und schaute aus großen Augen durch das Panzerglas nach draußen. „Und *hier* soll dein Dorf gewesen sein?“, wollte sie dann staunend wissen.
„Sheila hat in ihrem Hass ganze Arbeit geleistet.“
Sie stiegen aus, und Lindas Blick hing sofort wie gebannt an der Nebelwand. „Wenn ich es nicht mit eigenen Augen sehen würde …“, murmelte sie nach einer Weile und schaute dann Chris von der Seite an. „Und du denkst, da hinein ist Yasir verschwunden – und da hinein willst du ihm folgen?

Wie kannst du wissen, ob ihr – wo auch immer – wieder aufeinander treffen werdet?“
Er wandte sich zu ihr, legte ihr die Hände auf die Schultern und lächelte. „Du wirst jetzt in deinen Panzer steigen und – ohne auch nur einmal über die Schulter zu blicken – in die Stadt zurückfahren, Frau Oberst der Miliz. Ich will und ich muss das hier allein zu Ende bringen.“ Seine Miene wurde ernst; er nahm die Hände von ihren Schultern und deutete eine Verbeugung an. „Es war mir eine Ehre, Oberst Linda Berger.“
Sie nickte bedächtig und schaute ihn dann aus großen Augen an. „Die Ehre ist ganz auf meiner Seite, Oberbefehlshaber.“
„Gebt gut auf Mara acht und sorgt dafür, dass sie irgendwann vergessen kann, was sie erlebt hat.“
„Das werden wir – das werde ich. Bis irgendwann … irgendwo …“ Linda machte auf dem Absatz kehrt und verschwand dann eilig durch die Heckklappe im Innern des Panzerwagens.

Chris schaute dem Fahrzeug nach, bis es in einer gewaltigen Staubwolke auf der Piste zur Nachbargemeinde hin verschwunden war.
Dann drehte er sich zur Nebelwand um. Alles war wie immer: dichtes, waberndes Grau, und am rechten Wegrand plätscherte leise das Wasser aus dem Nebel. Wo würde er sein, wenn er da hineingegangen war? Ob es dort besser sein würde – oder gar noch elender als in dieser Zeit auf

dieser Welt?

„… du würdest überrascht sein. Yasir ist schon dort …“

„Ohne ihn würde es für mich ja auch keinen Sinn machen. Ich wundere mich, Greg – nun spielst du ja doch noch mit.“

Schritt für Schritt trat er noch näher an die Nebelwand heran. Den letzten Schritt davor blieb er stehen, und sein Blick fiel auf den Weg vor ihm. Ein „Y“ aus Blut war dort in den hellen Kies gemalt – wohl eine Einladung Yasirs, ihm zu folgen.

Abermals machte er einen Schritt und streckte die Arme seitwärts aus. Nun tauchten erst die Hände und dann die Arme in den Nebel ein, und augenblicklich fühlte er ein leichtes Kribbeln durch den ganzen Körper strömen.

„… ganz gleich, was jetzt mit dir passiert – am Ende wirst du wieder an einem Stück sein. Aber denke daran: es gibt keinen Weg zurück …“

„Ich weiß.“

Wieder ein, zwei Schritte – jetzt war er mit dem ganzen Körper im Nebel – und aus dem Kribbeln wurde ein immer stärker werdendes Vibrieren, bis der Körper von oben bis unten wie in einem heftigen Fieber durchgeschüttelt wurde. Wieder ein paar Schritte weiter …

… und jäh ist er nur noch Bewusstsein, jäh ist er frei von allem Irdischen und frei von allem Körperlichen.

Er weiß nicht, wo er ist, er weiß nur, nie zuvor ist er an derart schönen Orten gewesen – wenn es denn wirklich existierende Orte sind. Unendliche Weiten in schillernden Farben, die er nie zuvor gekannt hat, und die er mit all seinen Sinnen wahrnehmen und in sich aufnehmen darf. Nie gehörte Klänge, die von überall her zu kommen scheinen, und die wiederrum ihn jetzt ganz in sich aufnehmen, bis er verschmolzen ist mit diesen wunderbaren, sphärischen Klängen und den erdenfernen Farben. Immer weiter geht die Reise – Sonnen, Planeten, Universen: alles bewegt sich um ihn herum, an ihm vorbei und durch ihn hindurch. Er ist eins mit all dem, ist ein Teil des gewaltigen Ganzen und das gewaltige Ganze ist er selbst. Gesichter von Menschen, die er gekannt hat, dann wieder unbekannte Gesichter, vielleicht aus früheren – oder gar aus späteren Leben: überall um ihn herum sind sie jetzt, sind nah und fern, schauen ihn an; lächelnd manche, andere aber ernst und einige auch traurig. Und er kann all ihre Gefühle, all ihre Emotionen spüren, die sie mit ihm teilen, so wie er die seinen mit ihnen teilt.

Wenn das alles nur nie, nie zu Ende gehen wollte …

Chris stand am Ufer eines Flusses. Von einem bedeckten Himmel fielen ein paar Regentropfen und die feuchte Luft war angenehm kühl.

Ein Stück weit vor ihm spannte sich eine breite, steinerne Brücke über den Fluss, und auf der Brücke bewegten sich in langen Kolonnen Fahrzeuge träge von links nach rechts und von rechts nach links. Er trat ans Wasser, ging in die Hocke, schöpfte mit beiden Händen das kalte, leicht trübe Nass und tauchte sein Gesicht hinein.

„He! Du wirst die Drecksbrühe doch nicht saufen wollen?“

Er richtete sich auf, wischte mit beiden Händen das Wasser aus dem Gesicht und schaute dahin, von wo die Stimme gekommen war. Auf einem breiten sandigen Uferstreifen vor dem linken Brückenbogen entdeckte er jetzt mehrere männliche Gestalten. Ein paar von ihnen standen lässig herum und schauten zu ihm her, andere hockten oder lagen auf Bettzeug oder was auch immer, und etliche von ihnen hielten Flaschen in den Händen.

„Wenn du Durst hast, komm her zu uns und sauf was Ordentliches! Vom Wasser kriegst du Flöhe im Bauch." Wieder die Stimme von vorhin. Sie gehörte zu einem der Männer, die dort standen und zu ihm herschauten.

Kurz darauf blieb Chris bei den Männern stehen und nickte ihnen zu. Sie trugen verschiedenfarbige, jedoch durchwegs schäbige Jacken, Hosen und Stiefel und verströmten einen nicht gerade angenehmen Geruch.

„Ich bin Chris de Beer. Ich bin neu hier, und ich möchte gerne wissen, wo ich bin."

Erst starrten sie ihn eine ganze Weile aus großen Augen an, doch dann lachten fast alle auf einmal schallend los.

„Scheiße aber auch – noch so ein komischer Vogel!" Der dunkelhaarige, bärtige Mann links von Chris, dessen Stimme er schon kannte. „Gestern – oder wars vorgestern? – stand auch einer da am Fluss, wo du gerade gestanden bist, und hat wissen wollen, wo er hier ist. Und das im *Nachthemd* …!" Und hielt Chris seine halbleere Flasche hin. Wieder lachten und grölten die Männer und schlugen sich vor Vergnügen auf die Schenkel.

Spontan nahm Chris die Flasche und musterte den Inhalt, der so klar wie Wasser schien.
„Was soll der verdammte Lärm, ihr versoffenen Penner?“ Die laute Stimme klang verärgert. Jäh verstummten die Männer um Chris, fuhren herum und schauten zur grauen Wand des Brückenbogens. Dort hockte ein Mann aufrecht inmitten eines Haufens von Lumpen und fuhr sich jetzt mit den Fingern beider Hände hastig durch die wirren schwarzen Haare.
„Scheiße … haben wir dich geweckt, Doc?“, fragte einer der Männer fast ergeben. „Wir haben ja nicht gewusst, dass du schon wieder pennst.“
Doc streckte den rechten Arm aus und zeigte mit dem Finger in Chris Richtung. „Wer zum Teufel ist das schon wieder? Und wo kommt der Typ her?“
„Der war auf einmal am Fluss und wollte von dem Dreckwasser saufen – Wasser! Einfach so, wie schon der andere vor ihm …“
„Her mit ihm!“
Chris reichte die Flasche an ihren Besitzer zurück, ging zwischen den Männern hindurch weiter bis unter die Brücke und blieb dann abwartend vor Doc stehen. Ein verfilzter schwarzer Bart überwucherte das hagere Gesicht fast zur Gänze, und den kleinen, geröteten Augen schien aber auch gar nichts entgehen zu wollen.
„Hock dich hin!“, befahl er in barschem Ton und wies mit der Linken auf den Haufen Lumpen neben sich. „Es macht mich so was von nervös, wenn einer die ganze Zeit blöd vor

mir herumsteht und mich so von oben herab anglotzt."
Chris nickte ihm wortlos zu und setzte sich neben ihn.
„Richtig unheimlich hier seit kurzem in unserem trauten Heim", meinte Doc nach einer Weile und schaute geradeaus reglos auf den Fluss. „Erst meint man, jeden hier in der versifften Gegend zu kennen – und dann stehen zwei fremde Typen kurz nacheinander nicht weit vom Lager, fast so, als ob sie vom Himmel gefallen wären. Und mit fremd meine ich *ganz* fremd."
„Ich komme aus einem Dorf in den Bergen", erklärte Chris. „Mit großen Städten habe ich es nicht so. Dieser andere, der vor mir hier war: wo ist der hin?"
Doc machte eine lässige Handbewegung flussabwärts. „Da lang. Der sagte kein Wort, glotzte nur finster zu uns her und machte sich dann in seinem beschissenen Nachthemd davon."
Chris holte tief Atem. Wie sollte er Yasir je finden, wenn er nicht einmal wusste, wo er selber war? Er schaute Doc von der Seite an. „Und was hat euch hierher verschlagen? Wohnt ihr hier?"
Doc spuckte geräuschvoll aus und erwiderte dann den Blick. „Wo zum Teufel kommst du tatsächlich her, um so dämliche Fragen zu stellen? Wohnen …? Schau uns an: Wir alle hier sind der Gegenentwurf zum ach so humanen Sozialstaat, zum Kapitalismus oder was auch immer. Geh hinein in die Scheißstadt, geh ins Zentrum und schau dir die Typen *dort* an. Geh am besten in die Einkaufsmeilen und in die großen Kaufhäuser. Da wirst du sehen, das Einzige, was

uns hier mit denen verbindet, ist der Name der Brücke, unter der wir hausen: *Reichen*bachbrücke."
Reichenbachbrücke! Die war *früher* eine der Brücken über den Fluss gewesen, die Chris aber nur noch zerstört und als Ruine kannte. Also war er zuhause – er war in seiner Stadt!
„Du hast nicht immer hier gehaust?", wollte er dann von Doc wissen.
Der zuckte gleichmütig mit den Schultern und spuckte abermals aus. „Ich war Chefarzt an der Uni-Klinik hier. Erst kam die Scheidung und mit ihr die verdammten Schulden. Dann der Alkohol, obendrein noch ein paar ärztliche Kunstfehler, ein grandioser Rauswurf – das volle Programm eben. Ich habe so viele Schulden, die wären genug für einen kompletten Staatsbankrott." Mit der Rechten machte er eine weitausladende Handbewegung. „Schau dir die anderen an: Die waren auch nicht immer hier. Die waren früher fleißige Handwerker gewesen, Geschäftsleute, Angestellte, auch Künstler. Stress, Alkohol, Konkurrenzkampf, teure Mieten, gescheiterte Beziehungen – und die verfluchte Pandemie hat den Rest erledigt. Und keiner weiß, wie lange das noch geht und wie schlimm es vielleicht wieder werden kann."
Pandemie: Jetzt konnte Chris zumindest ahnen, in welche Zeit es ihn verschlagen hatte. Er hätte Doc jetzt wissen lassen können, *wie* schlimm die Pandemie später noch einmal werden, und was sonst noch alles kommen würde. Doch die Männer hier hatten mit ihrem eigenen Schicksal wohl schon genug am Hals.

Er stand auf und zog das Leinenhemd zurecht. „Ich werde mich ein wenig in der Stadt umschauen, wie du gesagt hast. Bis später."
„Wenn du's dir leisten kannst …"

Entlang der Häuserzeilen schlenderte Chris auf den Gehsteigen stadteinwärts. Er kam an großen und kleinen Geschäften vorbei, mit Auslagen in den Schaufenstern, von denen er das meiste gar nicht kannte. Auf den Straßen bewegten sich, wie schon auf der Brücke, lange Kolonnen von Fahrzeugen im Schritttempo in verschiedene Richtungen.
Schon von weitem konnte er jetzt die Zwillingstürme des Doms mit den Hauben sehen – unversehrt, wie er sie von alten Fotos her kannte.
Viele der Menschen, die ihm begegneten, trugen Masken über Mund und Nase. Und je näher er dem Zentrum kam, umso mehr Menschen wurden es, die, wie von einer inneren Unruhe getrieben, mit oder ohne Maske durch die Häuserschluchten hetzten – warum und wohin auch immer.
Auf dem weiten Platz vor dem Rathaus blieb er stehen, schaute zum großen Hauptturm hinauf, und ein Lächeln zog über sein Gesicht. Genau hier, wo er jetzt war, musste in *seiner* Zeit vor der Ruine dieses Bauwerks immer noch sein Zweisitzer stehen.
Er ging weiter, und kurz darauf stand er vor dem Hauptportal des Doms. Wenn er da jetzt hinein ging, würde er eine Kirche betreten, ein sakrales Bauwerk – und nicht Yasirs selbsternannte Residenz.

Er öffnete den rechten Flügel, trat ein und blieb nach ein paar Schritten am Anfang des Mittelgangs stehen. Leise schloss sich der Portalflügel hinter ihm. Stille umfing ihn, und ein fremder, doch sehr angenehmer Geruch nach Rauch stieg ihm in die Nase.
Links und rechts vom Mittelgang standen jetzt lange Reihen von gleichförmigen, hölzernen Bänken, und am anderen Ende prunkte der prächtige Altar - und nicht Yasirs pompöser Glastisch. In den Bänken weiter vorne hockten vereinzelt still und einsam Betende mit gesenktem Haupt und mit dem Rücken zu ihm.
Ihn schauderte. Hier, genau an diesem Ort, an dieser Stelle, würde er, Chris, *später* einmal Sheila mit seinem Schwert gerichtet haben …
Jäh wurden seine Beine schwer, und er ahnte, wenn er jetzt einen Schritt vor oder zurück machen wollte, würden die Beine wie mit dem Boden verwachsen auf der Stelle bleiben. Yasirs Telekinese …
Ein warmer Hauch streifte seinen Nacken und dann hörte er die leise Stimme: „Du verfluchter Hurensohn hast gewusst, dass der Nebel nur ein verdammtes Zeitfenster ist – und nichts sonst?“
„Wusste ich nicht. Warum hast du deine Truppen nicht mitgenommen von den alten Städten und hast dir unsere Stadt zurückgeholt? Hoger und seine Miliz wären für dich doch kein Problem gewesen?“
„Die Truppen sollten an den alten Städten auf mich warten. Wir wollten weiter nach Norden ziehen – neue Kämpfe,

neue Eroberungen. Aber vorher wollte ich noch das erledigen, was du ja nicht geschafft hast: dem Nebel endlich sein Geheimnis entreißen."

„Also die Gier nach noch mehr Macht, die dich in den Nebel getrieben hat ..."

„Und dich hat die Gier nach Rache folgen lassen – das war mir klar. Darum habe ich auf dieser Seite der Zeit in der Nähe der Brücke auf dich gewartet, um dir dann zu folgen. Und da bin ich, mit einem schönen langen Messer in der Rechten. Was die Stadt angeht: Mach dir keine Gedanken über sie – sie wird auch in dieser Zeit bald wieder mir gehören."

„Das Messer kannst du wegstecken. Deine irre Tochter hatte ein ganzes Magazin auf mich abgefeuert, ehe ich sie für den Mord an meiner Frau und an meinen Leuten zur Rechenschaft gezogen habe."

Stille.

„Was hast du mit Sheila gemacht ...?", knurrte Yasir schließlich hörbar. Von einer der Bänke weiter vorne drehte sich eine ältere Frau zu ihnen um, schüttelte mit empörter Miene den Kopf und wandte sich dann wieder dem Altar zu.

„Erst hat mein Schwert ihr beide Hände abgehackt – eine nach der anderen – und danach hat es ihr Herz durchbohrt. Hier in diesem Dom, nur ein paar Meter weiter lag sie vor deinem Tisch in ihrem Blut." Chris spürte einen Druck unterhalb vom rechten Schulterblatt, und dann noch einmal, und er wusste, Yasir hatte ihm das Messer in den Rücken

gerammt.
„Du kannst zustechen, bis dir die Hand abfällt. Wenn du mich töten willst, musst du schon mehr zu bieten haben."
„Wie das, du Teufel? Also doch der Nebel …?"
„Ich habe gefunden, wonach du gesucht hast, aber nicht im Nebel. Der ist tatsächlich nur ein Zeitfenster, durch das aber auch du nie mehr zurück in unsere Welt kannst. Als du dich im Norden aus dem Staub gemacht hattest, habe ich deine Panzer zerstört; vorher habe ich in den Städten und in den Höhlen deine Bestien vernichtet. Und jetzt bist du dran."
„Erst einmal wirst du hier stehen bleiben, bis ich fort bin. Das steht in *meiner* Macht."
„Deine Verwundung? Hoffentlich krepierst du daran …"
Yasir schnaubte. „Glatter Durchschuss am Arm, nur ein wenig Blut. Nicht der Rede wert."
Abermals Stille.
Der Portalflügel schloss sich leise, und Chris drehte sich um – doch Yasir war verschwunden.
Nun konnte er die Beine wieder bewegen, aber es würde sinnlos sein, Yasir hier und jetzt verfolgen zu wollen. Der war längst im Getümmel der Stadt untergetaucht.

Wie davor schon blieb Chris auf dem Platz vor dem Rathaus stehen. Was nun? Er hatte kein Geld, das man in dieser Zeit wohl brauchte, um sich Essen und alles andere kaufen zu können. Vielleicht konnten Doc und seine Leute ihm weiterhelfen.

Grinsend schaute Doc zu ihm auf und schüttelte dann den Kopf. „Ich glaub es nicht! Wo ist das Dreckskaff, aus dem du kommst – auf dem Mond? Klar brauchst du Geld! Für alles brauchst du das Scheißgeld: für Essen, für Trinken, für Wohnen, für Strafe zahlen … einfach für alles. Ohne Geld bist du nichts."

„Ich werde mir Arbeit suchen."

„Pass, Lebenslauf, Zeugnisse: das hast du alles bei dir …?"

Darauf gab es keine Antwort.

Doc beugte sich zur Seite, zog einen langen grauen Stoffmantel unter dem Haufen neben sich hervor und warf ihn Chris schwungvoll vor die Füße. Ein breitkrempiger, löchriger Filzhut folgte. „Zieh den Mantel über, hock dich da oben auf den Gehsteig der Brücke, stell den Hut vor dir auf und mach ein wehleidiges Gesicht. Von dem, was am Abend im Hut liegt, kannst du dir Essen kaufen. Und nimm dich vor Leuten in blauen Uniformen und mit Schießeisen am Gürtel in acht – die wollen deinen Pass sehen …"

Stumm starrte Chris auf den fleckigen Mantel und den Hut. Er, der rechtmäßige Oberbefehlshaber dieser Stadt, würde also jetzt dort oben auf der Brücke mit dem Hut vor sich auf dem Gehsteig um Geld betteln ...

Er schnaubte, hob den Mantel auf, schlüpfte hinein, schnappte sich den Hut und machte sich wortlos auf den Weg.

Zum Abend hin schlug das Wetter jäh um und ein warmer, stürmischer Wind fegte über die Stadt hinweg und unter der Reichenbachbrücke hindurch.
Chris und Doc hatte die Münzen gezählt, die Passanten tagsüber im Vorbeigehen in den Hut geworfen hatten.
„Anfängerglück", feixte Doc und schlug Chris mit der Rechten anerkennend auf die Schulter. „Für dich zwei Mahlzeiten und für uns drei Flaschen Wodka. Das ist meine Miete für den Platz auf der Brücke."

Mit zwei vollen Einkaufstüten in Händen schlenderte Chris auf dem Gehsteig zur Reichenbachbrücke hin. Irgendwo jenseits vom Fluss musste nicht weit vom Hochufer das Haus seines Großvaters stehen. In der Zeit, aus der Chris gekommen war, hatte es das Haus nicht mehr gegeben, längst war es zerstört und verfallen wie die meisten Häuser der Stadt. Vielleicht sollte er die Gegend an einem der nächsten Tagen erkunden?

Er stieg die Treppe zum Flussufer hinunter und trat zu Doc und den anderen, die um Docs Lager herum hockten oder standen und wohl schon auf ihn – und vor allem auf den Wodka – gewartet hatten.

„Morgen brauche ich den Platz auf der Brücke selber", erklärte Doc später zu Chris gewandt, schnappte sich die Wodkaflasche im Sand neben sich und trank gierig und in großen Schlucken. Dann setzte er die Flasche ab, rülpste

laut und gab sie an seinen Nachbarn weiter. „Entweder du machst Pause, oder du suchst dir einen eigenen Platz", meinte er dann. „Die anderen hier wollen ihre Plätze nämlich nicht vermieten." Und tippte Chris mit dem Zeigefinger auf die Brust. „Übertreib's aber nicht, wenn du dir was suchst. Die guten Plätze sind begehrt und eigentlich alle längst schon weg, vor allem die in der Innenstadt vor den Kaufhäusern und vor den Kirchen. Da kannst du dir schnell ein Messer oder etwas in der Art einhandeln, wenn einer meint, du willst ihm was wegnehmen."
Chris schüttelte den Kopf. „Morgen habe ich etwas anderes vor."

18.

Er hatte die Reichenbachbrücke und den Fluss hinter sich gelassen und schlenderte nun die Straßen und Gassen zwischen Fluss und Hochufer entlang stadtauswärts. Seit dem frühen Morgen regnete es wieder, doch Chris genoss es, den Regen aus den Haaren übers Gesicht laufen zu spüren.
Über einen gewundenen Fußweg zwischen Büschen und Stauden hindurch ging es schließlich weiter hinauf zum Hochufer.
Oben dann teilte sich der Weg in drei Richtungen: Links kam man laut Wegweiser zu einer Großgaststätte, nach rechts zu einer der Ringstraßen der Stadt, und geradeaus führte eine schmale Straße weiter in das Viertel mit alten

Einfamilienhäusern aus der Zeit wohl noch vor dem zweiten Weltkrieg. Und eines davon musste das Haus sein, von dem sein Großvater ihm einst erzählt hatte …
Vor dem ersten der schmucklosen, zweigeschossigen Häuser blieb er stehen und schaute auf das Namensschild unter der Klingel an der Haustür: Die hießen Pfister, nicht de Beer.
Und so ging er weiter von Haus zu Haus, von Namensschild zu Namensschild. Wohl wegen des Wetters war keine Menschenseele unterwegs; das ganze Viertel schien wie ausgestorben.
Er fand die verschiedensten Namen, doch keinen De Beer. Aber was, wenn er das Haus doch noch finden sollte? Er konnte sich doch nicht wie selbstverständlich seinem – jetzt wohl jungen Großvater – als Enkel präsentieren!
Aus einer schmalen Gasse zwischen den Häusern tauchten zwei Männer in dunkelblauen Uniformen und mit Waffen im Halfter auf, jeder mit weißem Mund- Nasenschutz versehen. Erst verharrten sie, schauten eine Weile zu ihm her, und schritten dann Seite an Seite forsch auf ihn zu.
Ein paar Schritte vor ihm blieben sie stehen und musterten ihn gründlich von oben bis unten. Auf der linken Brustseite eines jeden sah Chris ein kleines weißes Schild mit dem Namen darauf: Moser und Schmid.
„Suchen Sie etwas oder jemanden?“, wollte Moser dann wissen und ließ den Blick abermals über Chris schäbigen Mantel wandern.
„De Beer. Das müsste hier irgendwo sein.“

Moser nickte. „In der Gasse, aus der wir kommen. Vor ein paar Tagen gab es hier mehrere schwere Einbrüche, auch bei De Beer. Was führt Sie denn zu ihm?“
„Wir kennen uns von früher, und da ich für ein paar Tage in der Stadt zu tun habe und in der Nähe war, dachte ich, ich schaue mal bei ihm vorbei.“
„Wie mein Kollege schon sagte: hier wurde eingebrochen, Wohnungen und Häuser verwüstet und Wertgegenstände und Bargeld gestohlen“, schaltete Schmid sich jetzt ein. „Darum kontrollieren wir hier zurzeit häufiger und genauer als sonst. Und jetzt möchte ich Ihren Pass oder Ihren Personalausweis sehen. Ein gültiger Führerschein tut es auch.“
Moser legte die Rechte auf den Griff seiner Waffe, und Chris tat nun so, als ob er in den Manteltaschen nach einem Ausweis suchen würde. Jetzt war genau das passiert, wovor Doc ihn gewarnt hatte! Tötete er die beiden, würde er ab sofort nur noch auf der Flucht sein. Ließ er sie ihre Arbeit tun, wusste er nicht, was dann mit ihm geschehen würde. Beides konnte die Suche nach Yasir nicht gerade erleichtern. Er nahm die Hände aus den Manteltaschen, streckte sie zu den Seiten hin aus und nickte den beiden zu. „Ich habe meinen Ausweis vergessen – und nun?“
„Sie kommen mit auf die Wache! Dort werden wir dann klären, wer Sie sind“, verkündete Schmid forsch, während Moser nun die Waffe zog und sie mit dem Lauf nach unten an der Seite hielt.
„Sie beide und ich: wir gehen jetzt friedlich wieder unserer

Wege und tun einfach so, als ob wir uns nie begegnet wären", erwiderte Chris leise. „Wenn Sie Familie haben, machen Sie es bitte auch für sie."

Moser riss die Waffe nach oben und zielte auf Chris Brust. „Umdrehen, auf die Knie und die Hände hinter den Kopf!", bellte er los. „Und keine falsche Bewegung!"

„Nicht so hastig, die Herren, *ganz* ruhig. Das geht doch auch anders."

Fast gleichzeitig schauten Chris und die beiden Polizisten verwundert zur Seite, wo vor einem der Häuser ein großgewachsener Mann in einem langen, schwarzen Mantel stand. Die Krempe eines ebenso schwarzen Hutes hatte er zum Schutz gegen den Regen ein Stück weit in die Stirn gezogen.

„Wo kommen *Sie* her? Und wer sind Sie?" Moser hielt die Waffe dabei unbeirrt weiter auf Chris gerichtet.

Über das hagere Gesicht des Mannes zog ein Lächeln, und er deutete mit dem Daumen ein paar Mal lässig hinter sich. „Von da. Kriminalrat Beck, Landeskriminalamt. Und wenn Sie jetzt gütigst die Waffe herunternehmen würden, Herr Kollege, könnte ich Ihnen meinen Dienstausweis und den Haftbefehl für den Herrn da zeigen."

Moser nickte wortlos und ließ den Arm mit der Waffe in der Hand sinken.

Der Kriminalrat trat näher, blieb vor Moser stehen, griff in die rechte Manteltasche und holte ein schmales Kärtchen hervor, das er Moser nun vor Augen hielt.

Der betrachtete es erst eine ganze Weile, und schaute dann den Kriminalrat fordernd an. „Haftbefehl ...?"

„Augenblick." Der Kriminalrat steckte das Kärtchen wieder ein, öffnete die oberen Knöpfe des Mantels und zog aus einer der Innentaschen ein gefaltetes Stück Papier hervor. Er entfaltete es und hielt es Moser vor Augen, wie vorher schon den Dienstausweis. „Das Foto als Beweis dafür, dass es sich bei dem Herrn um den richtigen handelt, dürfte genügen."

„Heilige Scheiße!", schnaubte Moser dann und wandte den Blick vom Papier. „Was *Politisches?* Und ausgerechnet de Beer …?"

„Scheint so. Gute Arbeit, die Herren Kollegen – aber euer Job hier ist erledigt."

Chris hatte währenddessen nur stumm dagestanden und abwechselnd zwischen Moser und dem Kriminalrat hin und her geblickt. Haftbefehl? Gegen ihn? Weswegen? Es konnte nichts vorliegen – denn ihn gab es erst seit zwei Tagen hier und in dieser Zeit. Und dennoch hielt der Kriminalrat einen *Haftbefehl* gegen ihn in der Hand? Was Politisches …? Steckte gar Yasir hinter dieser merkwürdigen Aktion? Natürlich – wer denn sonst kam dafür schon in Frage! Es war wohl allemal klüger, das undurchsichtige Spiel für eine Weile mitzuspielen, als gar die beiden Polizisten und obendrein jetzt noch den Kriminalrat töten zu müssen. Und vielleicht kam er ja über diesen schneller an Yasir heran, wenn jener der Auftraggeber war.

„Und Sie wollen den da allein auf Ihre Dienststelle schaffen?", meinte Schmid schließlich skeptisch und wies mit einer Kopfbewegung auf Chris. „Uns hat er schon bedroht.

Ich denke, es wäre besser, wenn …“
„Nicht meine erste Festnahme!“, schnauzte der Kriminalrat los, faltete den Haftbefehl und verstaute ihn wieder in der Innentasche. „Schönen Tag noch, die Herren!“
Schmid und Moser warfen ihm ein paar nicht gerade freundliche Blicke zu, machten dann auf dem Absatz kehrt und verschwanden kurz darauf wieder in der Gasse, durch die sie gekommen waren.
„Nun zu uns beiden“, wandte der Kriminalrat sich an Chris und holte aus der linken Manteltasche ein Paar silbern glänzende Handschellen hervor. „Wenn ich um Ihre werten Handgelenke bitten dürfte? Und keine Dummheiten – Sie würden immer den Kürzeren ziehen.“
Wortlos hielt Chris ihm die Hände hin, und schon schlang das kalte Metall sich klickend um die Gelenke.
Nun ergriff der Kriminalrat Chris rechten Arm und packte kräftig zu. „Zwei Straßen weiter steht mein Dienstwagen.“
„Sie wissen aber, dass nichts gegen mich vorliegt …?“
„Das zu klären, ist mein verdammter Job. Aber nicht hier. Gehen wir.“

Vom Rücksitz des schwarzen Dienstwagens aus schaute Chris durch regennasse Seitenfenster auf *seine* Stadt. Aus dem Hauptbahnhof der Fünfziger des vergangenen Jahrhunderts hatten sie eine einzige Großbaustelle gemacht. Immer größer, immer höher, immer weiter. In wenigen Jahrzehnten würde das alles hier in Schutt und Asche liegen, zerbomt und verbrannt, und die Menschen nur noch mit dem Nötigsten im Untergrund hausen. Und dafür würden sie noch dankbar sein – denn sie lebten, nach allem, was geschehen war. Doch das wusste niemand außer ihm und Yasir …

Der Kriminalrat bog in eine breite, lebhaft befahrende Straße nach Norden hin ein. „Hier fängt der *Nahe Osten* an“, erklärte er Chris über die Schulter hinweg. „Iraker, Syrer, Iraner, Araber und viele andere: seit Jahrzehnten hier ansässig und verwurzelt. Die allermeisten sind ordentliche Leute, die ihrer Arbeit und ihren Geschäften nachgehen und brav ihre Steuern zahlen wie andere Bürger eben auch. Doch wie überall und in jeder Gesellschaft gibt es auch hier schwarze Schafe, und mit denen haben wir es dann zu tun.“

„Sicher kein schlechtes Versteck für die schwarzen Schafe, das Viertel.“

Der Kriminalrat nickte zustimmend. „Und das macht unsere Arbeit oft nicht einfach.“

„Vielleicht auch ein gutes Versteck für Kriegsverbrecher und für Massenmörder, wenn sie denn hier ihre Wurzeln haben sollten?“

„Vielleicht auch das …“

Sie hatten das Zentrum verlassen, und nach einer Weile bogen sie in eine lange, schnurgerade Eichenallee ein, bis ein breites Schmiedeeisentor den weiteren Weg versperrte und der Kriminalrat anhalten musste.

„Ein idyllisch gelegenes, romantisch verträumtes Kriminalamt, Beck …?“

„Nichts ist, wie es scheint, Chris De Beer."
Die schmiedeeisernen Torflügel schwangen jäh wie von selbst zu den Seiten hin auf, und sie fuhren wieder los. Die Allee setzte sich noch ein Stück weit fort, bis der Kriminalrat vor einem sicher zweihundert Jahre altem hochherrschaftlichen Haus abermals anhielt und den Motor abstellte. Dann drehte er sich zu Chris hin um und nickte ihm zu. „Die Handschellen bleiben dran, auch wenn wir im Haus sind. Eine Flucht mit den Dingern um die Gelenke wäre also der absolut falsche Weg."
„Warum sollte ich fliehen wollen? Wo ich doch jetzt so richtig neugierig darauf bin, was Sie mit mir vorhaben, Beck."
Der Kriminalrat stieg aus, ging um den Dienstwagen herum und öffnete Chris die Tür. Auch der stieg nun aus, trat ein paar Schritte auf das Haus zu, blieb dann davor stehen und ließ den Blick über die mit altem Stuck prächtig verzierte Fassade wandern. Große Fenster mit Kassettenrahmen konnte man am Abend mit blauen Lamellenfensterläden verdunkeln, und der Hauseingang prunkte als großzügiges Portal in gleicher Farbe wie die Fensterläden.
„Sie machen mich immer neugieriger, Beck."
Der legte ihm die Rechte auf die Schulter. „Nach Ihnen, Chris De Beer."

„Nehmen Sie einstweilen Platz." Einladend wies der Kriminalrat mit der Rechten auf ein prunkvolles, zu einem Halbkreis geschwungenes Sofa inmitten einer weiten Wohnhalle. „Ich hole ein paar Unterlagen zu Ihrem Fall, und was

zu trinken für Sie aus der Küche. Bin gleich wieder da."
Unterlagen? Wenn er zurückkam, würde er ganz gewiss in Begleitung von Yasir sein – was dann? Chris ließ sich auf dem Sofa nieder, legte Kopf und Nacken auf die Rückenlehne und schaute zu einer dunkel getäfelten Holzdecke hinauf. Ein Maler hatte dort wohl schon vor langer Zeit Szenen aus dem Mittelalter verewigt: Zwei Ritter auf prächtigen Schlachtrössern, wie sie in glänzender Rüstung und mit eingelegten Lanzen aufeinander zu galoppieren. Seitlich im Hintergrund der Szenerie eine schier uneinnehmbar scheinende Burg auf hohem Fels, darunter der Minnesänger, wie er im Kniefall schmachtend eine holde Frau besingt …

Er schreckte auf. War er eingeschlafen? Dann schaute er blinzelnd um sich. „Beck?"
Keine Antwort.
Er schaute an sich hinab – die Handschellen waren abgenommen! Hatte er denn *so* tief geschlafen? Und wie lange? Jetzt erst fiel sein Blick auf ein weißes Blatt Papier neben ihm auf dem Sofa, darauf ein paar handgeschriebene Zeilen. Chris nahm das Blatt und las:
„Schlaf ist gesund, darum wollte ich dich nicht wecken. Das Haus, und alles, was dazu gehört, ist dein, auch der „Dienstwagen". Ich hoffe, du kommst klar damit. Im Kofferraum ist genug Geld für alles, was du brauchst, zudem ein gültiger Pass. Waffen hinterlasse ich dir keine, denn du hast die besten Waffen: dein Schwert und die Unverwundbarkeit. Und denk daran – Yasir wird auch hier von Tag zu Tag gefährlicher …"

Er ließ das Blatt sinken und starrte vor sich ins Leere. Der Kriminalrat: Greg! Aber wozu das ganze Theater?

„ … du hättest die beiden Polizisten töten müssen. Danach hätte dich die ganze Stadt gejagt. Jetzt bist du es, der unbehelligt auf die Jagd gehen kann …"

Spontan schaute er sich um, und doch ahnte er, Greg war längst nicht mehr hier. Und so stand er auf, streckte sich und gähnte. „Du wolltest dich doch nicht einmischen?", meinte er dann in die Stille der Wohnhalle hinein.

„… Du bist in deiner Stadt, aber in einer anderen Zeit. Deine Bestimmung ist es, Yasir unschädlich zu machen – nicht aber, gegen die Umstände einer dir fremden Zeit zu kämpfen …"

Chris parkte den *Dienstwagen* in einer Seitenstraße nahe des Flusses und ging den restlichen Weg bis zur Reichenbachbrücke. Der Regen hatte aufgehört, und zwischen Wolkenlücken kamen hie und da ein paar Sonnenstrahlen hervor.

Doc und die anderen machten große Augen, als er plötzlich vor ihnen stand und ein Bündel Geldscheine aus der Tasche zog. „Es gehört euch – unter einer Bedingung: Kein Wort zu niemandem."

Nun lachte Doc erst laut auf und rülpste dann vernehmlich. „Mir doch scheißegal, wo du die Kohle her hast! Wir dachten schon, dich hätten die Typen in den blauen Uniformen geschnappt."

Chris verzog die Mundwinkel. „Hat auch nicht viel gefehlt. Ihr könntet mir einen Gefallen tun."

„Hast was gut." Doc nickte. „Heraus damit!"

„Der Typ, der vor mir hier im Nachthemd aufgetaucht ist: den suche ich. Er muss sich irgendwo in der Stadt herumtreiben, vielleicht rund um das Bahnhofsviertel oder im *Nahen Osten*. Wenn einer von euch also jemanden kennt, der jemanden kennt, der mit der Beschreibung etwas anfangen kann … Aber seid vorsichtig – mit dem Kerl ist nicht zu spaßen."
Doc bleckte zwei Reihen gelber Zähne. „Mit uns auch nicht. Unsere Augen und Ohren werden die Stadt nach ihm abklappern."

Chris hielt ein Stück weit vor dem alten Haus, das nun seines war, stellte den Motor ab, stieg aus und schaute sich um. Das Haus stand inmitten einer weitläufigen, umzäunten Lichtung, umgeben von Gebüsch und hohem, dichten Gras. Plötzlich musste er lächeln: Pia würde diese Wildnis gefallen haben, und gewiss hätte sie nach und nach ein Schmuckstück von einem Garten daraus gemacht. Mit welcher Hingabe sie später einmal die paar kümmerlichen Feldfrüchte und Küchenkräuter vor ihrem Haus gehegt und gepflegt haben würde …

19.

Er fuhr auf der Straße stadteinwärts, auf der er zwei Tage zuvor mit Greg hinaus zum alten Haus gefahren war. Der Dienstwagen machte ihm keine Probleme, aber von Ampel zu Ampel ging es nur im Schritttempo voran. Dunkle Wolken jagten tief über der Stadt dahin, doch es regnete nicht. Er durfte wohl annehmen, dass Yasir sich irgendwo im *Nahen Osten* bei seinen Leuten aufhielt – sinnlos, gerade dort mit der Suche anfangen zu wollen. Niemand würde ihn verraten, dafür würde er inzwischen gesorgt haben. Aber wie ihn finden unter hunderttausenden von Menschen …?

Die Ampel vor ihm zeigte Rot, und er musste abermals anhalten.

Jemand klopfte an die Scheibe der Beifahrertür, und Chris wandte den Blick. Eine junge Frau, die erst mit fragendem Blick aus großen Augen zu ihm hereinschaute und dann die Tür einen Spalt weit öffnete. „Nehmen Sie mich ein Stück mit …?

Mit der Rechten wies Chris auf Ampel und Stau. „Wenn Sie es nicht allzu eilig haben, sehr gerne."

Die Frau stieg ein und ließ sich auf dem Beifahrersitz nieder. „Danke!"

„Wo soll's hingehen?"

„Ins Zentrum. Die U- und S-Bahnfahrer streiken, und die Busse stecken alle im Verkehr fest."

„So wie wir." Chris warf der Frau einen Blick zu. Nur wenige Jahre jünger, und sie wäre wohl fast ein Ebenbild von Sheila gewesen mit dem dunklen Gesicht und den langen, schwarzen Haaren.

„Ich will nicht neugierig sein, aber Sie kommen aus dem Viertel hier?", wollte er dann wissen.

„Ich bin hier aufgewachsen und ich habe mein ganzes Le-

ben hier verbracht. Das ist wie eine große Familie: Jeder kennt jeden, und man hilft sich, wo man kann."
„Und jedem Neuankömmling tritt man erst einmal voller Misstrauen gegenüber, bevor man nicht weiß: wer, warum und woher – ist doch so?"
Die Ampel schaltete auf Grün und Chris fuhr wieder los.
Jetzt schaute die Frau ihn eine ganze Weile von der Seite an, und schüttelte dann den Kopf. „Nicht jedem. Hin und wieder gibt es welche, die plötzlich wie aus dem Nichts auftauchen und alle sofort wissen lassen, wo es lang zu gehen hat. Da wird dann auch nicht mehr viel gefragt; man weiß intuitiv, dass es gesünder ist für einen, das zu tun – oder nicht zu tun – was verlangt wird. "
„Ich verstehe. *Er* hat dich geschickt."
Sie nickte bedächtig. „Er hat seine Spitzel längst über die ganze Stadt verteilt, und er weiß immer, wo du bist und was du gerade tust und mit wem. Deine Spitzel werden weit weniger Erfolg haben."
„Meine Spitzel …? Ich werde ihn finden, ob mit oder ohne Spitzel. Richte ihm das aus."
„Das werde ich. Viel Glück für dich – du wirst es brauchen." Und machte eine Kopfbewegung nach vorne. „Die Ampel ist wieder rot. Du kannst mich rauslassen."

Abermals musste Chris sich im Schritttempo durch den zähen Verkehr quälen.
… Deine Spitzel werden weniger Erfolg haben … Wen die Frau damit wohl gemeint hatte – Doc und seine Leute?

Er musste zu ihnen und sie warnen, ehe es gefährlich werden konnte für sie. Zudem würden sie ohnehin nichts erfahren können, denn Yasir hatte trotz der kurzen Zeit wohl schon eine gewaltige Mauer der Angst und der Verschwiegenheit geschaffen.

Eine gefühlte Ewigkeit später stand er im Stau auf der Straße, die zur Reichenbachbrücke hin führte. Kurz vor der Brücke ging schließlich gar nichts mehr voran, denn offenbar war die Fahrbahn ein Stück weiter vorne aus irgendeinem Grund komplett gesperrt. Aus einem Parkplatz neben ihm versuchte jemand mit einem großen Geländewagen auszuparken. Chris setzte zurück und fuhr dann auf den nun frei gewordenen Platz.

Er stieg aus, schloss ab und ging das letzte Stück Weg bis zur Brücke. Denn dort unten am Fluss wusste er Doc und die anderen …

Eine Absperrung aus flatternden weißroten Bändern und einige neugierige Passanten versperrten ihm kurz vor der Brücke nun endgültig den weiteren Weg. Innerhalb der Absperrung standen Rettungs- und Polizeifahrzeuge mit eingeschaltetem Blaulicht. Und immer wieder kamen Polizisten und auch Rettungskräfte die Treppe vom Isarufer herauf, während andere über die Treppe nach unten hin verschwanden.

Dann kamen die ersten der Rettungskräfte mit Tragen, auf denen wohl welche lagen, von oben bis unten mit Alufolien verhüllt …

Ein paar neugierige Passanten waren inzwischen unter der Absperrung hindurch näher an die Einsatzfahrzeuge herangekommen. Einer der Polizisten wurde auf sie aufmerksam, kam mit langen Schritten heran und drängte sie lautstark und mit den Armen fuchtelnd wieder hinter die Absperrung zurück.
„Was ist los?", rief Chris ihm zu.
Doch der Polizist zuckte nur wortlos mit den Schultern.
„Und wann geht es endlich weiter?", wollte einer der Passanten ungeduldig wissen.
„Wenn alle geborgen sind …"

Der Fernseher stand in einem mit Möbeln aus den Zwanzigern des vergangenen Jahrhunderts eingerichtetem Nebenzimmer seines Hauses. Chris drückte den Knopf der Fernbedienung, und der Bildschirm wurde dunkel. Nachdenklich blieb er aber noch im Sessel vor dem Fernseher hocken. Jetzt wusste er, was an der Reichenbachbrücke geschehen war – eben hatten sie es in den Nachrichten gebracht: Acht *Wohnsitzlose* waren dort auf brutalste Art und Weise erschlagen worden. Man hatte sie einzeln – oder gar alle zusammen? – derart gegen die Wand eines Brückenpfeilers geschmettert, dass alle wohl sofort tot gewesen sein mussten. Über den genauen Hergang der Tat würden die Ermittlungsbehörden noch völlig im Dunkeln tappen; es würden daher dringend Zeugen gesucht, die sich zur Tatzeit vor allem auf der Brücke oder in ihrer unmittelbaren Nähe aufgehalten hatten. Was das Ganze aber noch mysteriöser scheinen ließ: man hatte den Opfern mittels eines noch unbekanntes Werkzeugs ein blutiges „Y“ auf die Stirn geritzt … Ein „Y“ – *die* Botschaft war eindeutig. Chris nickte stumm. Yasir und seine Telekinese: Damit hatte er sie alle auf einmal erledigt.

… Deine Spitzel werden weniger Erfolg haben …, hatte die Frau ihn gewarnt, die zu ihm ins Auto gestiegen war. Jetzt wusste er, dass sie nur Doc und die anderen gemeint haben konnte – und die hatten für ihren Dienst an ihm mit dem Leben bezahlt.

Er zog das Schwert aus der langen Tasche am Hosenbein und hielt es grübelnd vor Augen. So konnte das nichts werden; er musste aufhören damit, ihn nur suchen zu wollen. Nein, er würde ihn jagen müssen! Und wo fängt man am besten an mit der Jagd – im Revier des Wildes …

Chris betrachtete die Auslagen in den Schaufenstern der meist kleinen Läden in einer der Straßen im Viertel *Naher Osten* – voll mit Dingen, von denen er die meisten nicht mehr gekannt hatte. In einer Auslage entdeckte er ein paar von diesen Smartphones, von denen eines im Regal von Robbis Waffenkammer nutzlos und verstaubt herumgelegen hatte.

„AMED Electonics“, stand über der gläsernen Ladentür in großen, farbigen Buchstaben.

Er öffnete und betrat einen mit vollen Regalen an den Wänden und offenen und ungeöffneten Kartons auf dem Boden muffigen kleinen Laden. Die Tür schloss sich leise hinter

ihm, und er blieb vor einer dunkelbraunen Verkaufstheke stehen.
„Komme gleich!“, tönte es durch einen schmalen, gemauerten Durchgang hinter der Theke. Ein blauer Samtvorhang schützte den Raum dahinter vor allzu neugierigen Blicken. Dann wurde der Vorhang zur Seite geschlagen. Ein junger, hagerer Mann mit kurzen schwarzen Haaren und einem sorgsam gestutzten Vollbart trat hinter die Theke und musterte Chris mit nicht gerade freundlichem Blick. „Brauchen Sie was?“
„Was haben Sie denn so alles?“
Erst stutzte der Mann, dann beugte er sich über die schmutzige Theke, stützte sich mit beiden Händen darauf und zog die Stirn in Falten. „Also meistens wissen die Leute, die in meinen Laden kommen, schon vorher, was sie haben wollen …“
„Was ich von dir haben will, liegt nicht im Schaufenster.“
Der Mann nahm die Hände von der Theke, trat einen Schritt zurück und verschränkte die Arme vor der Brust. „Jetzt bin ich aber neugierig.“
„Ich suche jemanden.“
„Tun wir das nicht alle?“
„Gib mir den Schlüssel!“
„Schlüssel …?“
Chris deutete mit dem Daumen hinter sich. „Die Ladentür. Ich möchte nicht, dass jemand stört, oder du auf einmal keine Lust mehr hast und dich aus dem Staub machen willst.“ Er zog das Schwert und richtete die Spitze über die

Ladentheke hinweg auf die Brust des Mannes.
Der musste erst ein paarmal schlucken, ehe er antworten konnte. „Verrückt geworden, Mann? Nimm bloß das Ding weg – oder ich rufe die Bullen!"
„Du kannst rufen, wen du willst, wenn wir beide uns unterhalten haben – den Schlüssel!"
Unschlüssig schaute der Mann jetzt zwischen der Schwertspitze und Chris Augen hin und her, dann nickte er. „Hängt an der Wand hinter dem Vorhang. Ich hole ihn dir." Abermals trat er einen Schritt zurück, stand jetzt fast unter dem Durchgang und langte mit der Rechten am Vorhang vorbei zur Seite. Doch jäh wirbelte er um die eigene Achse, schlug den Vorhang zurück und verschwand Hals über Kopf im Raum dahinter.
Chris hastete um die Theke herum und hinter ihm her. Im Raum dahinter stand gegenüber eine schmale Tür weit offen. Durch die ging es wohl in den Keller, über dessen Treppe der Mann soeben laut hinunterpolterte.
Über steile, ausgetretene Stufen folgte Chris ihm in ein fast dunkles Kellergewölbe. Sehen konnte er den Mann jetzt nicht mehr, doch seine Schritte konnte er hören, wie sie sich immer weiter fort im Dunkel des Gewölbes verloren – der rannte wohl, als habe er Satan leibhaftig im Nacken.
Auch Chris hetzte voran, das Schwert immer noch in der Rechten. Ein Stück weit vor ihm spendete eine winzige Lampe an der Decke ein wenig Licht, und direkt darunter führte das Gewölbe rechtwinklig weiter nach rechts … dumpfer, donnernder Schlag, der alles erbeben ließ. Jäh

wurde Chris von einer gewaltigen Druckwelle dorthin zurückgeschleudert, von wo er gekommen war, und über ihm zerbarst die Decke mit hässlichem Knall …

Wieder steht er im Hof von Gregs Burg, doch der ist nirgendwo zu sehen. Tiefhängende Wolken jagen über den Burgfels hinweg zu den hohen Bergen hin, und es sieht so aus, als wollte es jeden Moment anfangen zu regnen.
„Greg!"
Keine Antwort.
„Jemand da?"
„Jemand …?"
Er wirbelt herum – Pia! Seine Frau! Seine von Sheila ermordete Frau steht unversehrt und strahlend im langen blauen Kleid vor ihm, streicht die schwarzen Haare aus dem Gesicht und lächelt ihm zu. *„Hallo Chris."*
„Du … lebst …?"
Immer noch lächelnd nickt sie. *„Ich war nie tot. Was da im Tal unter dem Geröll begraben liegt, ist nur mein Körper. Es ging sehr schnell und er hat nichts gespürt, als es geschehen ist. Jetzt aber werde ich ins Licht gehen, Chris, es wird Zeit für mich. Wenn Greg dir nicht die Unversehrtheit deines Körpers gegeben hätte, könntest du mit mir gehen, denn dein Körper liegt, wie der meine, unter schwerem Schutt begraben."*
„Was ist passiert?"
„Yasir hat den Bahnhof unter der Stadt zerstört, in dessen Nähe du gerade warst, weil er wusste, dass du da warst und du den Mann nach ihm fragen wolltest. Er war es auch, der die Männer

unter der Brücke getötet hat, die dir helfen wollten, ihn zu finden. Und er wird weiterhin alle töten und alles zerstören, wer oder was auch immer in deiner Nähe ist, oder wer versuchen will, dir zu helfen."

„Wo ist Greg?"

Sie lacht laut auf, streckt die Arme weit zu den Seiten hin aus und dreht sich einmal anmutig um sich selbst. *„Hier! Er ist überall. Im Augenblick kann er einer der Bäume dort am Berghang sein, oder der riesige schwarze Vogel da unter den Wolken – such es dir aus."*

„Als ich ihn zuletzt getroffen habe, war er ein verdammt arroganter Kriminalrat und hat mich verhaftet. In Handschellen …"

„Und doch war er es, der uns hier hat treffen lassen."

„Ob ich ihn doch bewegen kann, mir gegen Yasir ...?"

„Er hat es dir erklärt, Chris", unterbricht Pia sanft. *„Genau hier, wo wir jetzt stehen – und tief in deinem Innern weißt du es doch auch."* Lauschend verharrt sie einen Moment, dann nickt sie ihm auffordernd zu. *„Ich fühle, du musst gehen, denn sie wollen deinen Körper retten. Wir werden uns wiedersehen …"*

„… Verstehen Sie mich?"

Chris blinzelte erst ein paarmal und schaute dann in zwei große, fragend blickende Augen über seinem Gesicht.

„Können Sie mich hören?" Wieder die aufgeregte Stimme. Sie gehörte zu einem wohl jungen Mann mit weißem Mund- und Nasenschutz.

„Ja, verdammt. Sie sind laut genug."

„Okay … Da liegen noch ein paar Trümmer auf Ihnen herum, die werden wir jetzt eins nach dem anderen wegräumen. Nicht bewegen, bis wir Sie ausgegraben haben."
Schließlich hatten sie Chris von den herabgestürzten Deckenteilen befreit, ein Arzt ihn danach äußerlich untersucht und unzählige Fragen dabei gestellt.
Jetzt lag er auf einer Trage und wartete darauf, ins Freie gebracht zu werden. Doch nicht lange, und schon traten zwei Sanitäter heran, hoben die Trage auf, schleppten ihn über die Treppe und durch den verwüsteten Laden ins Freie und setzten ihn dann vor der zerborstenen Ladentür ab.
„Wir müssen auf den nächsten Rettungswagen warten – alle unterwegs im Moment", erklärte der Sanitäter am Kopfende, zu Chris gewandt.
„Wozu? Mir fehlt nichts." Er stand auf und fing an, Schmutz und Staub aus den Kleidern zu klopfen. Sein Schwert? Wo war sein Schwert? Es musste noch da unten in dem zerstörten Gang unter Staub und Trümmern begraben sein …
„Liegenbleiben!", schimpfte der Sanitäter los. „Sie müssen in der Klinik noch gründlich untersucht werden!"
Chris hielt inne, schaute den Sanitäter an und zog die Augenbrauen hoch. „Ich wollte da unten nicht mit euch herumstreiten, und darum habe ich euch machen lassen. Aber welchen Teil von: *mir fehlt nichts* hast du hier und jetzt nicht verstanden? Ich bin okay. Danke, dass ihr mich ausgebuddelt und heraufgetragen habt."
Der Sanitäter schnaubte erst hörbar, zuckte dann aber

gleichgültig mit den Schultern. „Das ist ein freies Land – zwingen können wir dich also nicht. Nur: Du gehst auf eigenes Risiko, kapiert? Also nicht jammern und nach dem Onkel Doktor rufen, wenn's morgen früh weh tut."

Ein junger Polizist in Uniform und mit Gesichtsmaske kam aus dem Laden und blieb neben Chris stehen.

„Was ist passiert?", versuchte der zu erfahren.

„Wissen wir noch nicht. Es hat eine gewaltige Explosion im U-Bahnhof nicht weit von hier gegeben. Von dort führt ein alter Zugang wohl in das Haus hier. Die Druckwelle hat den Zugang teilweise zerstört und Sie begraben. Was haben Sie da unten zu suchen gehabt?"

Mit dem Finger deutete Chris auf den Firmennamen über der Ladentür. „Ich war mit Amed unten. Er wollte mir etwas zeigen", log er.

Der Polizist nickte bekümmert. „Dann wird Amed noch unter den Trümmern liegen, und wir müssen weitersuchen – große Hoffnungen mache ich mir aber nicht. Ich brauche Ihren Pass und Ihre Personalien." Er griff in eine Innentasche der Uniformjacke und holte ein Notizbuch und einen Kugelschreiber hervor.

„Der Pass liegt bei mir zu Hause; ich wollte nur kurz weg. Kurt Müller, Reichenbachstraße 152, dritter Stock." Wenn dieses Lügen nur nicht zur Gewohnheit werden musste …

„Ist aber nicht gerade in der Nähe von hier. Festnetz? E-Mail? Handy-Nummer?" „Nichts von allem."

Der Polizist schien erst etwas irritiert, notierte dann aber Name und Anschrift, steckte Notizbuch

und Kugelschreiber weg und schaute Chris fragend an. „Und Ihnen fehlt wirklich nichts?“
Chris schüttelte den Kopf. „Ich bin okay – Glück gehabt. War’s das?“
„Im Augenblick ja. Die Kollegen vom Landeskriminalamt werden sich sicher noch bei Ihnen melden.“

Chris ließ sich im Fernsehsessel nieder und starrte auf den dunklen Bildschirm.
Er hatte Pia gesehen, und sie war so lebendig gewesen wie zu ihrer gemeinsamen Zeit. War das, was er erlebt hatte, vielleicht das, was man eine Nahtoderfahrung hieß? Zweimal schon hatte er das jetzt erleben dürfen: als er in den Schacht im Stall des Gestüts gefallen war, und jetzt wieder. Vielleicht war es aber auch nur eine von Gregs Art und Weisen, mit ihm in Verbindung zu treten. Wer oder was Greg auch immer sein mochte – *er* war existent, denn sonst würde er, Chris, jetzt nicht hier in diesem Sessel sitzen.
Greg, das Schwert und die Unverwundbarkeit waren Wirklichkeit.
Sein Schwert … er musste zurück in den eingestürzten Gang und dort unter den Trümmern nach ihm suchen! Aber wie – die Polizei würde sicher alles großräumig abgeriegelt und abgesichert haben. Doch er musste das Schwert wiederhaben, wenn er gegen Yasir …
„… frische Luft würde nicht schaden. Geh vor die Haustür …“
Hastig fuhr er vom Sessel auf. „Greg?“
Keine Antwort.

Frische Luft … Humor hatte er jedenfalls! Und vielleicht war das ja auch gar keine so schlechte Idee. Er verließ das Zimmer, ging durch die große Wohnhalle zur Haustür, machte sie weit auf und holte ein paarmal tief Atem.
Dann fiel sein Blick auf den Treppenabsatz vor ihm – und da lag das Schwert!
„Danke, wo immer du auch gerade bist." Er bückte sich, hob es auf und steckte es in die Scheide in der Beintasche. Dann schaute er sich noch einmal nach allen Seiten hin um, und ging zurück ins Haus. Wie lange es wohl noch dauern mochte, bis Yasir vor der Haustür stehen würde?

Dreiundachtzig Tote bislang, rund zweihundert zum Teil Schwerverletzte und wohl viele Millionen an Sachschaden: *Das* war die vorläufige Bilanz des Anschlags auf den U-Bahnhof. Beinahe jeder Fernsehsender im In- und Ausland berichtete darüber, und die Korrespondenten wollten sich gegenseitig schier überbieten mit immer neueren Details.
Chris schaltete in einen der Regionalsender. Dort gab der leitende Kriminalbeamte soeben eine Erklärung ab: Bislang gehe man von einem Sprengstoffanschlag aus, denn ein Unglücksfall sei bei einem solchen Ausmaß auszuschließen. Bekennerschreiben gäbe es zur Stunde noch nicht; man wisse also auch noch nicht, wer dafür in Frage kommen könne …
Er schaltete den Fernseher aus. Wenn der Anschlag auf Yasirs Konto ging, wie Pia gemeint hatte, konnten sie sich die weitere Suche nach Sprengstoffüberresten oder anderen

Spuren schenken. Wie stark seine telekinetischen Kräfte wohl schon sein mochten, wenn er zu so etwas imstande war …?

Chris hatte sich in der Küche Frühstück bereitet, trank rasch den letzten Schluck Kaffee, stellte die Tasse in die Spüle und ging zur Haustür.
Er öffnete – und sah sich Yasir gegenüber, lässig an die Beifahrertür vom *Dienstwagen* gelehnt. Den weißen Kaftan hatte er gegen eine schwarze Hose und eine schwarze Jacke getauscht.
Ein breites Grinsen zog jetzt über das Pharaonengesicht.
Chris langte mit der Rechten an die Beintasche mit dem Schwert, doch Yasir streckte beide Arme mit leeren Händen zu den Seiten hin aus und schüttelte den Kopf. „Nicht jetzt und nicht hier."
Chris blieb unter dem Türrahmen und ließ die Rechte in der Nähe der Beintasche. „Was hast du mir zu sagen?"
„Nettes Häuschen – Respekt. Du erinnerst dich an die Ruinen des Olympia-Stadions in unserer Zeit? Wie oft haben wir zwischen all den Trümmern dort den Nahkampf geübt! Gestern war ich draußen auf dem Gelände und habe es mir angesehen – unzerstört natürlich. Das ist schon ein verdammt imposantes Bauwerk, zweier Titanen würdig."
„Titanen …?"
Yasir stieß sich von der Beifahrertür ab und trat näher, die Arme immer noch demonstrativ ausgestreckt. „Ja. Wir beide. Wir hätten es längst zu Ende bringen können, oder

wir könnten es hier und jetzt zu Ende bringen, oder wo auch immer. Aber das reicht mir nicht. Nein – mit dir will ich die ganz große Bühne. Du hast mir alles genommen; nicht nur, dass du meine Tochter erschlagen hast."
„Die meine Frau getötet, und unser ganzes Dorf ausgelöscht hat."
„Jeder hat so seine Gründe …"
Chris nickte ihm zu. „Der Tyrann und Massenmörder wird den Vortritt haben auf dem Weg zur Hölle."
Erst lachte Yasir laut auf, schüttelte dann den Kopf. „Denk an *unsere* Zeit, Söhnchen, an die Zeit, in der wir beide zuhause sind. Nehmen wir an, ich sterbe im Kampf, und ich werde in *unserer* Zeit wiedergeboren – genauso wie du später! Dann fängt alles wieder von vorne an, denn durch das verdammte Zeitfenster sind wir in einen endlosen Zyklus geraten. Objektiv betrachtet wird also meine oder deine Rache nur eine vorübergehende Genugtuung in dieser Zeit hier gewesen sein."
„Warum gerade das Olympia-Stadion? Doch wohl nicht nur wegen der Rache für Sheila."
Yasir nickte zustimmend. „Erinnere dich an die alten Geschichten von früher. Eine davon erzählte vom Attentat 1972 bei den Olympischen Spielen hier: Eine Gruppe von Palästinensern hatte die israelische Mannschaft im olympischen Dorf angegriffen. Die Politiker und die Sicherheitsbehörden hatten restlos versagt, und das Ganze endete in einem Blutbad in diesem kleinen Kaff nicht weit von hier, das es in unserer Zeit längst nicht mehr gibt. Nun, einer

der Palästinenser war ein Vorfahre von mir."
„... dem du im Nachhinein Ehre erweisen willst, indem du im Stadion gegen mich kämpfst."
„Du hast es begriffen. Wie es aussieht, wird das Wetter besser, und in drei Tagen ist Vollmond. Ich erwarte dich um Mitternacht."
„Die Wach- und Sicherheitsleute dort werden uns nicht ohne weiteres aufeinander losgehen lassen ..."
„Die lass nur meine Sorge sein. Stehst du mir Mitternacht nicht unter dem großen Zeltdach gegenüber, werde ich an jedem Tag danach einen der Bahnhöfe zerstören, solange, bis keiner mehr da ist. Wie das ausgeht, habe ich dir ja gezeigt."
Eine ganze Weile schaute Chris in Yasirs Augen. „Am Anfang unserer gemeinsamen Zeit wolltest du etwas schaffen, etwas aufbauen, dich dem Verfall entgegenstellen", meinte er dann nachdenklich. „Und jetzt tötest du Massen von Menschen, zerstörst ganze Städte, verbreitest Angst und Schrecken. Warum?"
Yasir ließ die Arme sinken und erwiderte Chris Blick aus schmalen Augen. „Weil ich es verdammt noch mal kann. Denk du an Mitternacht."
„Ich werde da sein."

20.

Tags darauf.
Chris genoss es, mit dem wuchtigen *Dienstwagen* auf der in dieser Zeit intakten Autobahn dahinzugleiten – dereinst würde das nur noch eine staubige und holprige Piste sein.
Am Horizont tauchte im Licht der Morgensonne die Kette der Nordalpen auf; letztlich ein vertrauter Anblick, und doch lag wohl mehr als ein Dreivierteljahrhundert zwischen dem Jetzt und dem gleichen Bild in der Zeit, aus der er kam.
Sofort nach dem Frühstück war er losgefahren, denn er wollte das Dorf besuchen: das Dorf am Fuß der Berge, in dem er mit Pia gelebt hatte – oder wohl erst noch leben würde. Wie das alles aussehen mochte in der Zeit noch vor den großen Katastrophen?

Vom Autobahnzubringer her fuhr er bis zur Tankstelle vor dem Dorf, hielt nahe den Zapfsäulen an, stieg aus und schaute sich um. Robbis und Pias Tankstelle: wie gerade eben erst neu eröffnet. Zwei Kunden tankten ihre Autos auf, Modelle, die Chris noch nie gesehen hatte …
„Kann ich helfen?“
Er drehte sich zu der Stimme hinter ihm um – und schaute in Robbis fragende Miene. Das Gesicht nicht so tief gebräunt und mit Narben übersät wie seins, doch die Ähnlichkeit war verblüffend. Er musste der Großvater von Pia und Robbi sein, und somit der Inhaber der Tankstelle.

Chris schüttelte den Kopf. „Ich will nur Proviant bei euch kaufen – bin gleich wieder weg."
Beflissen deutete der Mann mit dem Daumen auf das Tankstellengebäude hinter ihm. „Was immer Sie haben wollen: Wasser, Bier, Cola, Süßigkeiten, Brot, frische Wurstsemmeln ..."
Chris lachte und winkte dann mit der Rechten ab. „Nicht alles auf einmal! Sie sind der Chef hier?"
Der Mann nickte zufrieden. „Schon in zweiter Generation – und die nächste steht bald bereit. Sie wollen sicher auch auf den Berg; doch der erste sind Sie heute nicht. Tourismus halt. Aber davon leben die meisten hier."

Im Schritttempo fuhr Chris die Dorfstraße hinauf und schaute immer wieder aus großen Augen nach links und nach rechts aus den Fenstern. War *das* das Dorf, in dem er viel später einmal gelebt haben würde? So musste es Radwan, der Händler aus der Nachbargemeinde und danach wohl eine von Yasirs Kreaturen, während der Versuche gesehen haben, die Yasirs gefangene Wissenschaftler mit ihm angestellt hatten. Zumindest hatte er es in ihrer gemeinsamen Zelle tief unter der zerstörten Stadt so geschildert.
Am Dorfplatz hielt er an, vor sich die *Zentrale*, von der aus Mrosek später einmal so tun würde, als ob er die Geschicke des Dorfes lenken wollte. Jetzt stand da RATHAUS in großen dunklen Lettern über der offenen Eingangstür. Alles wirkte sauber und gepflegt, das Gebäude und die Fensterläden waren frisch gestrichen, und davor wuchsen in

schmalen Beeten bunte Blumen und wucherten dichte Sträucher.
Es gab kleine Bauernanwesen, Ladengeschäfte, Wohnhäuser. Vor einem der Gartenzäune am Rand des Dorfplatzes standen, miteinander redend und gestikulierend, ein paar ältere Frauen … wohl in so etwas wie Tracht gekleidet? Eine von ihnen schaute kurz zu ihm her, wurde dann aber gleich darauf von einer der anderen wieder ins Gespräch mit einbezogen.

Er fuhr die Dorfstraße bis fast an ihr Ende und hielt dann vor einem Anwesen linkerhand, dort, wo später Pias und Robbis Haus gestanden haben würde. Jetzt prunkte auf dem weitläufigen Grundstück eine prächtige, sicher einhundert Jahre alte Villa mit Erkern, einer geräumigen Veranda und überdachten Holzbalkonen an drei Seiten. Die Villa musste wohl schon während des Krieges ein paar Jahre nach der Pandemie bis auf die Grundmauern zerstört worden sein. Chris konnte sich nicht erinnern, je irgendwelche Überreste von einer Villa oder dergleichen entdeckt zu haben.
Er stieg aus, schloss das Fahrzeug ab und ging ein Stück den Weg hinauf – bis dahin, wo einmal die Nebelwand den weiteren Weg ins Gebirge verbergen würde. Jetzt konnte man über den Bergwald hinweg zu den felsigen Gipfeln hoch über dem Dorf schauen. Weit unterhalb der Gipfel ragte ein kegelförmiger, steiler Fels aus dem Bergwald, auch er bis fast hinauf mit Laub- und Nadelwald bewachsen. War *das*

der Burgfels? War dort oben einmal die Burg gestanden, von der er annahm, zweimal in ihrem Hof gewesen zu sein?

Chris blieb am Fuß des hier fast senkrechten Burgfels stehen, holte die Wasserflasche aus dem Proviantbeutel und trank ausgiebig.
Zur Linken führten schmale, in den Fels gehauene Stufen wohl hinauf zu dem, was von der Burg noch übrig sein mochte – nur noch verfallene Stollen, wie Greg gemeint hatte?
Er verstaute die Flasche und stieg die ersten der ausgetretenen Stufen hinauf. Je höher er kam, umso steiler und schmaler die Stufen, doch nach einer kurzen Engstelle wurden sie jäh wieder breiter und flacher. Über die letzten der Stufen hinweg betrat er ein fast oval-förmiges Plateau, an den Rändern mit Sträuchern und dichtem Buschwerk bewachsen.
Mittig des Ovals lud, gleich unter dem Gipfelkreuz, eine einfache Holzbank zum Verweilen ein. Auf ihr hockte eine grauhaarige Frau in Wanderkleidung und mit einem Fernglas vor Augen und schaute ins Tal. Neben ihr auf der Bank lag ein bunter Wanderrucksack.
Die Frau hatte seine Schritte wohl gehört, denn jetzt setzte sie das Fernglas ab und warf ihm einen Blick zu. „Schöner Platz hier, wie?“
Chris nickte zustimmend. „Hier soll vor langer Zeit eine Burg gestanden haben …“
Die Frau lächelte ein wenig nachsichtig. „Vor sechshundert Jahren, habe ich gelesen. Die letzten Mauerreste hat man

vor fast einhundertfünfzig Jahren für den Bau eines Gartenhäuschens unten im Dorf abgetragen." Sie machte eine Kopfbewegung. „Da drüben, fast schon am Rand von dem Platz hier, sind zwischen Gras und Gebüsch noch ein paar Löcher im Fels, die so aussehen, als ob sie nicht natürlich wären. Vielleicht waren das einst irgendwelche unterirdischen Zugänge."

„Die laufen mir nicht weg. Darf ich mich zu Ihnen setzen?"

„Gerne." Sie schob den Rucksack an den Rand der Bank und machte Platz.

Chris trat näher, hockte sich neben die Frau und schaute auf das Dorf zu seinen Füßen hinunter.

„Die Luft ist so klar: man sieht bis in die Stadt hinein, und mit dem Fernglas kann man einzelne Gebäude gut erkennen", meinte die Frau nach einer Weile. „Links von Fernsehturm und Stadion steht ein Hochhaus – ich habe meinen Balkon dort gesehen!" Sie lachte herzhaft und schüttelte dann den Kopf. „Da fährt man von zuhause fort und schaut am Ende dann doch wieder auf seinen Balkon."

Chris musterte sie von der Seite. Die Frau hatte auf den ersten Blick älter gewirkt, als sie scheinbar war; vielleicht ja durch die langen grauen Haare, die ihr wirr ins sonnengebräunte, von feinen Falten durchzogene Gesicht hingen.

„Ich komme auch aus der Stadt."

„Tja, die meisten von uns Städtern zieht es wohl jede freie Minute ins Gebirge." Sie zuckte mit den Schultern. „Oft aber der einzig wirkliche Ausgleich zu einem stressigen Alltag. Tagein, tagaus nur mit den Problemen von Klienten be-

fasst sein: da braucht es manchmal ein bisschen Abstand und Auszeit."
„So anstrengend, der Job?"
Sie wandte ihm das Gesicht zu und ihre Miene wurde ernst. „Zu mir kommen Menschen mit Problemen, die sie von der Schulpsychologie, oder gar selber nicht gelöst bekommen. Zusammen versuchen wir dann, Ursachen, die oft weit zurückliegen – in der Kindheit etwa – herauszufinden und aufzulösen. Manchmal aber muss man noch weiter zurückgehen, denn es gibt auch Ursachen, die nicht in diesem Leben, sondern in einem früheren, hin und wieder sogar auch erst in einem späteren Leben zu finden sind. So etwas wie Zeit existiert für uns als Seelenwesen nämlich nicht …"
Chris nickte stumm, und ein Schauer jagte über seinen Rücken. Warum erzählte sie ihm davon – fast so, als ob sie seit langem miteinander vertraut seien?
„Es gibt verschiedene Methoden, in andere Leben zu reisen", fuhr die Frau dann fort. „Welche man auch nutzt: wichtig ist, an Informationen zu kommen, die über diese Ursachen im Unterbewusstsein gespeichert sind."
Ob er ihr vom Nebel als Zeitfenster erzählen sollte? Nein, denn dass, womit sie sich beschäftigte, fand sicher auf einer ganz anderen Ebene statt. „Klappt das immer und bei allen?"
„Meistens. Die Leute wollen ihre Probleme, die sie oft ein halbes Leben oder gar noch länger mit sich herumgeschleppt haben, gelöst wissen, und sind daher nur zu sehr bereit, sich auf die Reise und alles, was dazu gehört, einzu-

lassen.“
Chris nickte abermals. Doch das Thema behagte ihm auf einmal nicht mehr. „Und heute haben Sie Ihre eigene Reise in Ihrem jetzigen Leben gemacht …“
Wieder lachte sie. „Wie ich sagte: Neue Energie tanken – wo klappt das besser als hier? Sind Sie auch auf der Suche nach neuen Energien für das, was Sie machen?“
Er schüttelte den Kopf. „Ich kenne das Dorf von früher, den Platz hier aber nicht. Da wollte ich ein paar Erinnerungen auffrischen und den Besuch hier nachholen.“
„Dann werde ich Sie jetzt mit Ihren Erinnerungen alleine lassen.“ Die Frau stand auf, schulterte den Rucksack und nickte ihm zu. „Ich wollte ja eigentlich auf den Gipfel, und da geht man noch zwei Stunden. Schön, Sie kennengelernt zu haben.“

Lange war Chris tief in Gedanken auf der Bank gehockt, hatte dann einen Teil des Proviants verzehrt und den Rest vom Wasser getrunken.
Frühere Leben, spätere Leben … Sollte er nach seinem jetzigen Leben wiedergeboren werden, würde er sich dann in der Zeit wiederfinden, aus der er durch den Nebel gekommen war – als derselbe, der er *jetzt* war? Und würde dann alles wieder von vorne beginnen, wie Yasir gemeint hatte: die Kindheit und die Jugend zusammen mit seinem Großvater in der zerstörten Stadt, die Zeit mit Yasir und seinen Leuten, die Zeit danach, die Kämpfe – aber auch das Leben im Dorf mit Pia? Ein ewiger Kreislauf durch den Nebel als

Zeitfenster …?
Er stand auf, schaute sich noch einmal um, und sein Blick fiel auf den Platz vor der Bank, wo die Frau gesessen war. Dort lag ein kleine, weiße Karte auf einem der abgetretenen flachen Steine. Er bückte sich, hob sie auf und las: *Ronja Wallsen, Hochhaus am Kusocinskidamm, Olympia-Park.* Darunter stand noch eine Telefon-Nummer. Die Karte musste ihr wohl aus einer Rucksack- oder Jackentasche gefallen sein. Sie schien ihm eine interessante Gesprächspartnerin – ob er sie aufsuchen sollte, wenn das mit Yasir vorüber war?
Nun steckte er die Karte ein und machte sich auf den Rückweg ins Dorf.

Er fuhr die Dorfstraße zurück, betrachtete noch einmal die Häuser und schaute in die gepflegten Vorgärten. Dasselbe Dorf, aber in einer ganz anderen Zeit …
Am Dorfplatz hielt er abermals an, und erst jetzt fiel ihm das zweistöckige stattliche Anwesen auf, über dessen breiter Rundbogentür in verschnörkelter Schrift *Gasthof zur Birke* geschrieben stand. Genau dort würde später einmal die Zisterne im Boden sein, in der das Wasser aus dem Nebel gesammelt werden würde. Doch an den Gasthof in seiner ganzen Pracht würde dann nichts mehr erinnern.
Er nickte versonnen. Wenn Yasir es denn gelingen sollte, ihn zu bezwingen, würde er das Dorf in diesem Leben so wohl nicht wiedersehen. Aber was band ihn denn an das Dorf in dieser ihm fremden Zeit mit diesen ihm fremden Menschen – ohne Pia und all die anderen, die er gekannt

hatte …?

Schon von weitem sah Chris die zuckenden Blaulichter der Rettungs- und Löschfahrzeuge, die am Ende der Eichenallee neben- und hintereinander vor seinem Anwesen geparkt standen.
Er fuhr näher heran, stieg aus und versuchte, zwischen den Fahrzeugen hindurch etwas zu erkennen.
Dort, wo das Haus hätte stehen müssen, war wohl ein Dutzend der Rettungskräfte mit dem Rücken zu ihm versammelt, die Blicke scheinbar alle auf ein paar wenige Mauerreste vor ihnen gerichtet.
Hinter einem der Löschfahrzeuge tauchte jetzt ein junger Mann in Feuerwehrkleidung und mit Mund- und Nasenschutz auf und kam mit langen Schritten näher.
„Hier geht es nicht weiter!“, rief er schon von weitem und fuchtelte aufgeregt mit den Armen.
Chris nickte ihm zu, und blieb, wo er war. „Was passiert?“
Der Feuerwehrmann baute sich vor ihm auf, musterte ihn von oben bis unten und zuckte dann mit den Schultern. „Spaziergänger in der Nähe hörten plötzlich einen lauten Krach, und dann flogen auch schon die Trümmer des Hauses auf dem Grundstück nach allen Richtungen hin davon. Einfach so, denn gebrannt hat wohl nichts.“
„Jemand verletzt oder gar tot?“
„Bisher haben wir niemanden gefunden, aber wir suchen noch – vor allem nach dem Eigentümer des Hauses. *Sie* drehen jetzt am besten um und machen die Zufahrt wieder

frei.“

21.

Ziellos fuhr Chris durch die nördlichen Außenbezirke der Stadt.
Er hätte es wissen müssen: Yasir würde nicht tatenlos abwarten bis zu ihrem Treffen. Jetzt aber brauchte er erst einmal eine Unterkunft für die nächste Zeit, ein Hotel, eine Pension oder was auch immer.
Über den Dächern der langen Wohnblockzeilen tauchten nacheinander das riesige Zeltdach des Olympia-Stadions und der fast dreihundert Meter hohe Fernsehturm auf. Am Fahrbahnrand wies jetzt ein Schild nach rechts auf den Olympia-Park und auf das Hotel Olympia hin.
Chris nahm die Ausfahrt und hielt kurz darauf auf einem fast belegten Parkplatz vor dem breiten Eingangsbereich des Hotels, einem imposanten Klotz mit großflächiger Stahl- und Glasfront und sicher mehr als zwölf Stockwerken.
Er stieg aus, schloss ab und ging durch eine gläserne Drehtür in die weitläufige Empfangshalle. Hinter der Rezeption gegenüber schauten drei Angestellte in Monitore vor sich auf dem Tresen. Ein vierter Angestellter mit kurzen, graumelierten Haaren warf Chris jetzt einen Blick zu. Der steuerte zum Tresen hin und blieb dann vor dem Angestellten stehen. Auf der linken Brustseite von dessen dunklem Ja-

ckett prangte ein kleines weißes Schild mit dem Namen „Musa“ darauf.
Musa setzte ein Lächeln auf. „Guten Tag, der Herr. Wie kann ich helfen?“
„Ich möchte bitte ein Zimmer, mindestens für drei Tage, vielleicht auch für länger.“
Musa nickte beflissen. „Sie haben gebucht?“
„Nein, es ergab sich ganz plötzlich.“
„Einen Moment bitte, da muss ich schauen, ob wir noch etwas frei haben.“ Musa trat vor einen der soeben frei gewordenen Monitore und tippte dann auf der Tastatur davor herum. „Sie haben Glück“, meinte er, nun abermals lächelnd. „Im ersten Stock, mit Blick auf den Olympia-Park. Wäre das recht?“
Chris erwiderte das Lächeln. „Ich nehme es.“
Musa trat wieder zu ihm. „Dann bräuchte ich jetzt bitte Ihren Pass.“
Chris zog den Pass aus der Seitentasche der Hose und legte ihn mit der Bildseite aufgeschlagen vor Musa auf den Tresen. Der warf einen raschen Blick auf die aufgeschlagene Seite – und Chris meinte, ein kurzes Zucken der Augenlider und ein leichtes Zittern der Hände bei Musa bemerkt zu haben – vielleicht hatte er sich aber auch getäuscht.
„Einen … einen Augenblick bitte, Herr de Beer, ich mache nur rasch eine Kopie.“ Musa schnappte sich den Pass und verschwand eilig damit durch eine Schiebetür hinter dem Tresen.
Währenddessen schaute Chris sich um. Ruhig war es hier;

in bequemen Polstersesseln linkerhand lasen wohl zwei der Hotelgäste in aufgeschlagenen Zeitungen.
Die Schiebetür ging auf, Musa trat wieder hinter den Tresen und legte den Pass vor Chris hin. „Sollen wir Ihr Gepäck aufs Zimmer bringen?“, fragte er, während er eine kleine Plastikkarte unter dem Tresen hervorholte und neben den Pass legte. „Zimmer 37/I. Bitte mit der Karte aufschließen.“
Chris schüttelte den Kopf. „Ich habe kein Gepäck.“ Und sein Blick bohrte sich in den von Musa. „Richten Sie ihm bitte aus, es darf auch früher sein“, raunte er und ließ Musa nicht mehr aus den Augen. Der wich einen Schritt zurück und starrte Chris wortlos an.
„Ich bin heute zur ausgemachten Uhrzeit am ausgemachten Ort – wo sind die Aufzüge?“
Musa streckte den linken Arm aus und zeigte mit dem Finger. „Da ...“
Chris lächelte abermals. „Wir sehen uns.“

Er hatte ausgiebig geduscht, im Hotelrestaurant zu Abend gegessen und sich dann auf den Weg in den Olympia-Park gemacht. Hier wehte ein leichter, aber kühler Wind, und hin und wieder blinzelte die Abendsonne zwischen Wolkenlücken hindurch. Zahlreiche Jogger und Radfahrer kamen ihm auf breiten Wegen entgegen oder überholten ihn.
Nahe dem Eingang zum Fernsehturm blieb er stehen, legte den Kopf in den Nacken und schaute zur Spitze hinauf. Das war schon ein imposantes Bauwerk! Chris kannte es nur als Trümmerfeld und als Ruine, welche Yasirs Männern und

auch ihm selbst in der *anderen Zeit* als Übungsgelände dienen würde.
Er ging weiter bis zum Stadion, verharrte neben einer der Reihen der Kassenhäuschen und schaute auf die weite, leere Rasenfläche unter dem gewaltigen Zeltdach hinunter. Eine altehrwürdige Sportstätte – und Yasir wollte sie als Kampfarena für sie beide haben. Zwei würden auf den Platz kommen, einer würde ihn verlassen …

Ein Stück weiter sah er das Hochhaus in den Abendhimmel ragen, in dem wohl Ronja Wallsen wohnte, die er auf dem Burgfels über dem Dorf kennengelernt hatte.
Schon von weitem konnte Chris die fensterlose Ostfront samt riesiger Werbeaufschrift des imposanten Gebäudes ausmachen. Als er näher kam, fielen ihm die langen Reihen der Balkone übereinander nach Süden hin auf, von dem einer davon gewiss zur Wohnung von Ronja Wallsen gehörte. Er blieb vor der gläsernen Eingangstür stehen und ließ den Blick über die langen Reihen der Klingelknöpfe an der Wand neben der Tür wandern. Es dauerte eine Weile, bis er sie gefunden hatte: *Wallsen/16* war in schwarzer Schrift auf das silberfarbene Namensschild gedruckt, sonst nichts. Die sechzehn stand wohl für das Stockwerk. Reisen in frühere oder spätere Leben, hatte sie gemeint ...
Ein donnernder Schlag ließ den Boden unter seinen Füßen erzittern. Er schaute in die Richtung, aus der er gekommen war. Dort, wo hinter Stadion und Fernsehturm sein Hotel stehen musste, stieg gerade eine gewaltige Rauch- und

Staubwolke in den jetzt schon fast dämmrigen Abendhimmel.

Chris spurtete los, und als er wieder auf Höhe des Stadions war, strömten ihm immer mehr Fußgänger und Radfahrer wie auf wilder Flucht vor etwas entgegen, panisch und mit vor Angst und Schrecken gezeichneten Gesichtern.

„Du denkst, *du* kannst die Regeln bestimmen?", donnerte es plötzlich aus den Stadionlautsprechern.

Chris blieb auf der Stelle stehen, zog das Schwert und schaute sich nach allen Richtungen hin um.

Yasir! Er hatte die Nachricht wohl erhalten …

„Bei Vollmond, hatte *ich* bestimmt!", dröhnte es wieder aus dem Stadion. „Hier hast du deinen Vollmond!"

Von irgendwo her unter dem gewaltigen Zeltdach kam etwas dunkles, rundes auf Chris zugeflogen. Wenige Schritte vor ihm landete es dumpf auf dem Asphalt, und Chris warf einen Blick darauf: Es war der blutverschmierte Schädel von Musa, dem Portier des Hotels. Geweitete, glanzlose Augen starrten an Chris vorbei in den rot verfärbten Himmel.

Hier und jetzt musste es sein – Yasir hatte auch in dieser Zeit schon genug angerichtet. Der Hass ließ ihn wohl nach und nach irrsinnig werden.

„Zeig dich!" Und hob das Schwert.

Dröhnendes Lachen schallte ihm aus den Lautsprechern entgegen. „Komm zu mir ins Stadion, Söhnchen, dort werden wir abrechnen."

Von da, wo das Hotel sein musste, raste ein Polizeifahrzeug

mit Blaulicht und Sirene auf einem der Parkwege heran. Kurz vor dem Stadion stoppte es so plötzlich, als sei es gegen eine unsichtbare Mauer gekracht. Im nächsten Augenblick wurde es wie von einer Riesenfaust gepackt hochgeschleudert und verschwand dann, um die eigene Achse wirbelnd, mit noch immer zuckendem Blaulicht am Himmel über der Stadt.

„Macht Spaß!", dröhnte es aus den Lautsprechern. „Ab jetzt werde ich jeden Abend ein paar von denen das Fliegen beibringen. Mal sehen, wo sie landen ..."

„Nichts wirst du", knurrte Chris, ging zu den in Reihe stehenden Kassenhäuschen und richtete die Schwertspitze auf sie. Ein blauvioletter Energiestrahl traf auf die vorderen in der Reihe und ließ sie von einem Moment auf den anderen zu glühenden Metallklumpen zusammenschmelzen.

Chris trat über sie hinweg, ging bis zur obersten der Sitzreihen, hielt erst nach Yasir Ausschau, und schritt dann die Stufen zur Rasenfläche hinunter. Er wusste, die telekinetische Kraft seines Gegners konnte ihn jederzeit treffen – doch er wusste auch, damit allein würde der sich nicht zufrieden geben. Der wollte den offenen Kampf, der wollte, dass sie das jetzt und hier von Angesicht zu Angesicht zu Ende brachten.

Aus der Ferne von der Innenstadt her hörte Chris jetzt ein gleichmäßiges, dumpfes Brummen nahen.

„Ah, nun kommen sie auch noch mit ihren Hubschraubern", dröhnte es lachend aus den Lautsprechern. „Jetzt gib gut acht, du Ratte, denn ich zeig dir was – das hast du so

noch nie gesehen!“
Immer näher kam das Brummen. Chris warf einen raschen Blick gen Himmel und sah die Lichter der beiden Hubschrauber gleichmäßig blinkend in nicht allzu großer Höhe näher kommen.
Doch jäh begannen die Motoren der beiden zu stottern, und setzten dann von einem Moment auf den anderen ganz aus. Die Lichter fingen an, wie irre durch die Dämmerung zu tanzen, und schon rasten die beiden Hubschrauber jetzt lautlos und immer schneller um sich wirbelnd auf die Aussichtsplattform des Fernsehturms zu.
„Und – Treffer …!“, kam es hämisch aus den Lautsprechern, während die Hubschrauber gegen die Aussichtsplattform krachten. Hubschrauber und Plattform verschwanden augenblicklich in einem gigantischen Feuerball, und der Himmel darüber war jäh taghell erleuchtet. Einem glühenden Lavastrom gleich fielen die brennenden Überreste der Hubschrauber und der Plattform sodann auf das Umfeld des Fernsehturms herab und setzten sofort alles in Brand, was es dort an Gebäuden, Bäumen und Buschwerk gab.
Chris wandte den Blick vom Feuerinferno und schritt bis zur Mitte der Rasenfläche, das Schwert kampfbereit in der Rechten.
„Genug gespielt – jetzt sind *wir* dran!“, dröhnte es aus den Lautsprechern. Gleich darauf ging eine der Türen der Reporterkabinen oberhalb der Haupttribüne auf, und Yasir trat heraus. Er trug nun wieder seinen Kaftan, und als er jetzt die breite Treppe zwischen den Sitzreihen herab

schritt, begleitete dieser rhythmisch wogend jeden seiner Schritte.

Am unteren Absatz der Treppe blieb er stehen, stemmte die Hände in die Hüften und nickte Chris zu. „Du wirst fliegen lernen, Söhnchen, noch viel besser und viel weiter als die beiden Hubschrauber gerade eben – freu dich drauf! Denn ich werde dich so lange gegen jedes verdammte Gebäude der Stadt schmettern, bis nichts mehr von dir übrig ist."

„Das hättest du besser gemacht, als ich dich in unserer Zeit zum ersten Mal im Dom besucht habe, du erinnerst dich? Du hast mich den Mittelgang entlang bis zum Portal geschleudert – um deiner irren Tochter zu imponieren?"

Yasirs Gestalt straffte sich – und im nächsten Moment fühlte Chris so etwas wie eine mit Sinnen kaum wahrnehmbare, gigantische Walze oder wie eine riesige Welle über ihn hinweg und durch ihn hindurch tosen.

Spontan wich er einen Schritt zurück, hob die Schwertspitze in Yasirs Richtung und ließ die Energie fließen. Ein armdicker, blau-violetter Strahl schoss auf Yasir zu und prallte dann vor ihm wie gegen eine unsichtbare Mauer. Einem in allen Farben glühenden Fächer gleich verteilte sich die Energie nach allen Richtungen hin, riss den Boden vor Yasir auf, zerfetzte riesige Teile des Zeltdachs und wirbelte sie fauchend nach allen Richtungen hin davon.

Er senkte das Schwert – und da stand Yasir in seinem Kaftan, reglos und unversehrt wie zuvor.

„… FÜNF …"

Chris zuckte zusammen. Von wo war diese Stimme gekommen? Überall war sie plötzlich gewesen, um ihn herum, in ihm – überall! Doch außer Yasir war weit und breit niemand zu sehen. Und der schien die Stimme nicht gehört zu haben, denn sein Blick war nach wie vor starr auf Chris gerichtet. Wieder fegte eine von Yasirs Energiewalzen einem Orkan gleich über ihn hinweg und durch ihn hindurch, doch diesmal war er darauf vorbereitet und musste nicht mehr zurückweichen.

„… VIER … “

Jetzt aber ließ die Stimme seinen Körper von oben bis unten zittern wie in einem heftigen Fieber. Erst glotzte er aus großen Augen dorthin, wo Yasir stand, blinzelte dann ein paar Mal, doch Yasirs Gestalt wurde immer undeutlicher, fast schon verschwommen jetzt. Beinah schien es, als wollte der sich vor seinen Augen so nach und nach auflösen.

„Wenn ich … dich langweile, musst … du es nur … sagen!“ Wie von weit her nun Yasirs Stimme, obwohl er dem Ton nach fast gebrüllt haben musste.

„… DREI …“

Fast unerträglich das Zittern jetzt; abermals wollte Chris das Schwert heben und die Spitze dorthin richten, wo Yasir sein musste. Doch er konnte die Hand nicht heben, sie gehorchte ihm nicht mehr – und wo war Yasir geblieben?

„… ZWEI …“

Und dann fühlte Chris, wie die Beine ihm jäh den Dienst versagten und unter ihm wegknickten.

„… EINS – MACH DIE AUGEN AUF …!“

22.

Aus großen Augen starrt er von seiner Liege aus an die weiße Zimmerdecke mit ähnlich weißer runder Leuchte in der Mitte. Von der Seite her beugt sich jetzt ein lächelndes, von feinen Falten durchzogenes Gesicht über das seine. Graue Haare fallen weit nach vorne und berühren seine Wangen.

„Ronja …“, flüstert er. „Wie … lange …?“

„Tief atmen – *ganz* tief“, mahnt sie stattdessen leise. „Tief durch die Nase einatmen und durch den Mund wieder aus, langsam und gleichmäßig – so ist es gut.“

„Wie … wie lange war ich weg?“, will er dann abermals wissen.

Schlagartig verschwindet das Lächeln aus Ronja Wallsens Gesicht und sie richtet sich ein Stück weit auf. „Fast sechs Stunden! Das war eine der längsten Rückführungen, die ich je gemacht habe.“

Er zieht die Stirn in Falten. „Ich habe sogar *dich* getroffen, fast so wie damals vor zwei Jahren, als wir uns auf meiner Bergtour oben auf dem Burgfels kennengelernt haben, und ich dir später dann von meinen nächtlichen Visionen erzählt habe. Gott, dass … das war alles so real wie in einem richtigen Film, in dem ich mittendrin bin und die Hauptrolle spiele.“

Sie nickt zustimmend. „Und am Anfang des *Films* bist du an dem Zeitpunkt eingestiegen, an dem deine Visionen immer angefangen haben.“

„Ja. Als mein – Schwager, glaube ich – die armen Leute erschossen hat, die Wasser oder Treibstoff von uns kaufen wollten. Warum fängt meine Vision immer gerade da an?“

„Weil es der Beginn der Auseinandersetzung mit … Yasir ist.“

Er schluckt. „Und kann es sein, dass die Vision ein Fenster in ein nächstes Leben in dieser Zukunft ist, die ich als dieser … dieser Chris erlebt habe? Denn ich habe am Anfang auch Pia und Robbi erlebt, ohne dass ich als Chris bei ihnen war, und auch Yasir und Sheila im Dom, aber noch ehe ich sie besucht habe. War ich da einer von ihnen?“

„Zu Yasir kommen wir noch. Es wird wohl nicht alles genau zu der Zeit und so geschehen, wie du es erlebt hast. Und dass man auf der Reise kurz die Rolle eines oder mehrerer anderer übernimmt, ist nicht außergewöhnlich. Den Nebel oberhalb des Dorfes, durch den du Yasir gefolgt bist, musst du mehr als ein Symbol denn als etwas Natürliches sehen. Auch das Schwert und die Unverwundbarkeit – Symbole deiner eigenen Kraft und Energie.“

„Symbole …?“

„Erst hole ich dir ein Glas Wasser, dann reden wir weiter.“

Sie steht von ihrem Hocker neben der Liege auf und macht sich auf den Weg ins Nebenzimmer. Ihr weißes T-Shirt und eine enge blaue Jeans schmiegen sich bei jedem Schritt an ihren schlanken Körper, und da ist sie auch schon im Nebenzimmer verschwunden.

Gleich darauf aber kommt sie mit einem Glas Wasser in der Rechten zurück, und er setzt sich auf. Sie reicht ihm das

Glas und nimmt wieder auf ihrem Hocker Platz. Gierig trinkt er das Glas leer und gibt es ihr zurück.

„Yasir", murmelt sie, nickt dann versonnen und schaut ihm in die Augen. „Einst gemeinsam, dann getrennte Wege und schließlich erbitterte Feinde. Wie siehst du Yasir, wie stehst du zu ihm?"

Erregt schüttelt er den Kopf. „Yasir ist all das, was ich wohl irgendwann nicht mehr akzeptieren, und genau das, wie ich danach nie wieder sein wollte."

Jetzt legt sie ihm die Rechte auf die Schulter. „Das ist gut – sehr gut. Damit vernichtest du ihn endgültig."

„Du hast mich zurückgeholt, gerade in dem Augenblick, als ich ihn hätte vernichten können ...", meint er mit leisem Vorwurf.

„Hör zu: Yasir und du – ihr seid eins. Du hast ihn als körperhaften Gegner erlebt, als gefährlichen Feind. Wenn ich dir nun sage, dass du zugleich auch er warst, dass er das – sagen wir Böse – in dir war, oder vielleicht gar immer noch ist?"

Er starrt sie nur stumm und aus großen Augen an.

Ronja nimmt die Hand von seiner Schulter. „Jeder von uns hat diese zwei Seiten in sich. Die – sagen wir gute Seite – in dir hat den Kampf aufgenommen. Eines ihrer Mittel war die Vision, die immer wieder nach dem gleichen Schema abgelaufen ist. Irgendwann hast du gemerkt, dass das kein normaler Traum sein konnte, und du wolltest der Sache daher auf den Grund gehen."

„Bin ich *besessen ...?*"

Lächelnd schüttelt sie den Kopf. „Nein. Aber du willst dich von deinem alten Ich – von Yasir – lösen. Und dafür bist du ihm sogar durch den Nebel gefolgt, obwohl du nicht wissen konntest, was dich auf der anderen Seite erwarten würde. Yasir – in dir – will das natürlich nicht zulassen, daher die Feindschaft und die Attacken gegen dich. Du hast die Zukunft gesehen, du hast sie erlebt. Ich denke, du wirst in ihr eine nicht ganz unbedeutende Rolle spielen."

„Werden die Zeiten *so* schlimm sein?"

„Schau dich um in unserer jetzigen Welt: Die Pandemie hatten wir schon einmal – und vielleicht kommt sie ja wieder. Die Erderwärmung bekommen sie auch nicht mehr in den Griff, und die Verteilungskämpfe um die knappen Rohstoffe arten immer öfter und globaler in grausame Kriege mit Tod und Verwüstung aus. Wenn du mich fragst: Ja, es wird wohl so oder so ähnlich kommen, wie du es erlebt hast."

Er holt tief Atem. „Und meine Rolle dabei?"

„Die wird sich zeigen. Deine Aufgabe in *diesem* Leben ist es, Yasir hinter dir zu lassen, damit du in diesem kommenden Leben frei von ihm bist."

„Du weißt, mir bleibt nicht mehr viel Zeit", gibt er zu bedenken und nickt. „Die Ärzte meinen, noch ein Jahr – höchstens. Und das auch nur, wenn ich die Chemo und alles andere nicht vernachlässige."

„Mach dir darüber keine Gedanken", versucht sie zu trösten. „Wenn deine Zeit nicht reichen würde, wäre die Vision ganz sicher schon früher gekommen. Es ist alles im Lot, und

dir bleibt die Zeit, die du brauchst.“
„Was wäre, wenn es so etwas wie einen Nebel als Zeitfenster tatsächlich geben würde? Und ich später aus diesem nächsten Leben durch ihn hindurch wieder in unsere Zeit ginge?“
Nachdenklich zieht Ronja die Stirn in Falten. „Dann wärst du wohl in einer Art Zeitschleife gefangen – vorausgesetzt, du würdest im zweiten Leben immer wieder durch das Zeitfenster gehen. Aber ich sagte dir schon, der Nebel war eine Art Symbol, vielleicht auch so etwas wie eine Selbstprüfung. Yasir ist vor dir hinein gegangen, und du warst stark genug und bist ihm gefolgt, bereit, ihn um jeden Preis zu vernichten. Das Gute in dir ist stärker.“
Bedächtig steht er nun auf und bleibt dann unschlüssig neben ihr stehen. „Wird die Vision wieder kommen?“
„Nein. Denn das, was sie gerufen hat, ist aufgelöst. Du bist frei von ihr.“
„Und wann treffen wir uns zur nächsten Sitzung?“
Mit ernster Miene schüttelt sie den Kopf. „Keine Sitzung mehr. Der Weg ist gemacht; gehen musst du ihn alleine.“
„Noch eines: Warum habe ich diese Sheila … ja, geschlachtet? Das war nicht meine *gute Seite,* wie?“
„Sheila war deine *andere Seite,* ein Teil von Yasir, und gegen den hast du gekämpft.“
Jetzt reicht er ihr zögernd die Hand. „Das war’s …?“
Sie ergreift die Hand, drückt sie kräftig und lächelt ihm zu. „*Dein* Weg, mein Lieber. Alles Gute für dich.“

Einen Augenblick lang bleibt Ronja noch neben der Liege stehen und schaut zu, wie er die Tür sachte hinter sich schließt. Ein älterer, graumelierter Herr, der weiß, dass seine Zeit fast abgelaufen ist – und der dennoch den tiefsten Geheimnissen dieses einen Lebens noch auf die Spur kommen will.

Dann wendet sie sich ab, geht ins Badezimmer und schaut lange und reglos in den Spiegel.

Nach und nach beginnen die feinen Falten in ihrem Gesicht sich zu glätten, die Haut wird straff, und das Gesicht wirkt nun auf einmal sehr männlich, hager und asketisch. Die grauen Haare werden dunkler und dunkler, und zuletzt hängen sie schwarz und lang und glatt bis weit über die Schultern nach hinten. Statt T-Shirt und Jeans ist da auf einmal ein langer, schwarzer Mantel, der fast bis zu den Knöcheln reicht.

Greg nickt seinem Spiegelbild zu. „Hätte ich ihm sagen sollen, dass *er* derjenige war, der einst mit Dschingis Khan geritten ist und die grauenhaften Taten begangen hat, von denen ich ihm auf der Burg erzählt habe?“, sinniert er dann. „Hätte ich ihm sagen sollen, dass dies keine normale Reise in ein anderes, ein späteres Leben war, sondern dass ich ihn das alles leibhaftig habe erleben lassen, selbst Kindheit und Jugend? Auch seine Besuche auf der Burg? Hätte ich ihm sagen sollen, dass er diese Zukunft, in der ich ihn habe leben lassen, einmal entscheidend und weltweit mitprägen würde? Dass eine Pia später tatsächlich seine Frau sein würde? Hätte ich …?“ Er schüttelt den Kopf und zieht die

Stirn in Falten. „Nein. Er darf nie daran zweifeln, dass alles so war, wie man es in einer bloßen Rückführung erlebt – nicht mehr und nicht weniger. Alles ist gut."

Dann beugt er sich nah zu seinem Spiegelbild hin. „In dieser Zukunft werden wir sein wie einst König Artus und der Druide Merlin, er und ich", sinniert er dann. „Der weise und kluge Herrscher und sein Ratgeber. Hätte ich ihm *das* sagen sollen – nein! Es hätte ihn verwirrt, überfordert und von seiner jetzigen Bestimmung abgelenkt." Jetzt zieht ein feines Lächeln über sein Gesicht und er nickt dem Spiegelbild abermals zu. „Es ist eben nichts so, wie es scheint …"

==================

Herstellung und Verlag:
BoD – Books on Demand, Norderstedt
ISBN: 9783756226528

MIX

Papier aus verantwortungsvollen Quellen
Paper from responsible sources

FSC® C105338